人恋時雨

さやか淫法帖

特選時代小説

睦月影郎

廣済堂文庫

目次

この作品は廣済堂文庫のために書下ろされました。

第一章　姫君の正体はくノ一？

一

（また聞こえた。誰だろうか……）

駿介《しゅんすけ》は、暗い天井を見上げながら思った。聞こえた、というより、心の奥底に感じたのである。それは女の声のような、あるいは甘ったるく強い想念の固まりのようなものだった。

言葉ではないので内容は曖昧《あいまい》だが、それは激しく自分を求め、彷徨《さすら》っているように思えた。しかし、いつものことながら、それは微《かす》かなもので、すぐに消え去ってしまった。

駿介はまた目を閉じて、眠ろうと務めた。今夜はもう手すさびも終えたし、明日は城主に呼ばれているのだ。何らかの役目を申しつけられるのだろうから、粗相《そそう》があってはならない。

小久保《こくぼ》駿介は十七歳。ここ、相模《さがみ》の国にある小田浜《おだはま》藩の藩士だった。家は下級の足軽長屋だったが、亡父のあとを継いで、今は藩校の兵学教授を務めている。

何しろ彼は生まれついて記憶力が素晴らしく、成績も優秀なため藩主正隆《まさたか》に認められて石高《こくだか》も増えたのだ。

彼は、一度読んだものは正確に記憶できた。しかし、記憶力だけでは足軽からのし上がることは出来ない。駿介にはもう一つ、誰にも言っていない特殊な能力があった。

それは、人の心が読めるということである。

だから大概の質問も、相手の望む内容を答えることが出来、それで師匠からの覚えも良く、若くして兵学教授の座につけたのだった。

心を読むといっても、言葉や形ではなく喜怒哀楽などの大まかな感情が伝わってくるのだ。大勢いる場所では、それらが洪水のように押し寄せてくるので遮断することも覚えた。

もちろん勝手に人の胸の内を読んでしまうことに罪悪感もあるので、よほどのことがない限り、この能力は使わないようにしていた。

よほどのこと、というのは、やはり彼にとってまだ知らぬ女体《にょたい》のことだった。

他の藩士が女を抱いた、などということを知ると、つい駿介はその男の心を読んでしまい、快感の記憶を共有したりしてしまった。しかし、それは手すさびの衝動と快感はもたらしても、本当の満足ではない。むしろ淫気は高まり、女体への憧《あこが》れは膨《ふく》れ上がるばかりだった。

女の心を読むこともあるが、基本的にすれ違うことすら滅多にない。足軽長屋に一人暮らし、あとは男ばかりの藩校へ行くだけだ。たまに城内に用事があっても、まず女中や藩士の妻女に行き会うことは稀《まれ》だったのだ。

そして、たまに女の心を覗《のぞ》いてみても、まず淫気が満々というものは皆無であった。大抵は化粧品や装飾品、着物や食事のこと。たまに好きな男への憧れなどないでもないが、どれも淡く、まして城内だから人目を気にして行動している場合が多かった。

それでも女の胸の内へ侵入したという禁断の悦《よろこ》びに、そうした日の手すさびは充実し、日に二度三度と射精してしまうのである。

しかし、今は特に強く思う女はいない。漠然《ばくぜん》と溜《た》まった精汁を排出し、寝てしまう毎晩だった。

（あの声は、私の最初の女になる運命を持っている人かも……）

駿介は、ここ十日ばかり感じる女の想念に思いを馳《は》せながら、いつしか深い眠りに就いていった……。


——翌朝、駿介は顔を洗い、湯漬けと香々の朝餉《あさげ》を済ませて出仕した。

良く晴れているが、風は冷たい。

貞亨《じょうきょう》二年（一六八五）、一月下旬である。

五代将軍綱吉《つなよし》が征夷大将軍となって五年め、生類憐《しょうるいあわ》れみの令で江戸は混乱しているようだが、この土地は実に平穏だった。

小田浜藩は三層の天守閣を持つ、喜多岡《きたおか》家、八万石。城主は二十一歳の正隆。風光明媚で南には海、西に富士箱根を臨んでいた。

やがて五つ（午前八時頃）、駿介は主君正隆と対面していた。

何しろ足軽上がりだから緊張して下座で平伏していたが、

「面を上げい。もっと近う。駿介、久しぶりだったな」

正隆が気さくに声をかけてくれ、彼は恐る恐る顔を上げた。何しろ藩校では、この正隆にも教授していた駿介である。

「ははッ……」

彼は答え、僅かに膝行《しっこう》した。

江戸屋敷から戻ったばかりの正隆は、実に聡明で爽《さわ》やかな顔立ちをしていた。正隆が新弥《しんや》という幼名の頃から声をかけてもらっているが、やはり緊張と畏《おそ》れ多さに変わりはない。

「相変わらず、藩校では並ぶものなき秀才との誉《ほま》れ高いと聞く。余も嬉《うれ》しく思う」

「恐れ入り奉《たてまつ》ります……」

「だが、部屋に籠もっての学問ばかりではいかぬぞ。たまには外へ出て歩き回ってみたらどうか」

「は……」

呼ばれた用が分からず、駿介は小首をかしげた。

「実は、姥山《うばやま》に余《よ》の妹がいる。鞘香《さやか》という名で、こたび山を下り、数日間は浜屋敷に滞在ののち、江戸屋敷へと赴《おもむ》くことになった。ついては姫を迎えにゆき、江戸まで供をせい」

「そ、それは、私めには、あまりに重きお役目なれば……」

「いや、そちに頼みたい。もちろん一人では心許《こころもと》なかろう。頼りになる付き添いも選んであるからな、昼過ぎには姥山へ出立せよ」

「ははーッ……！」

そうまで言われては、応じるしかなかった。元より断わる権利などないのだ。

駿介は下がり、旅の仕度のため足軽長屋へと戻った。

正隆の心を読むまでもなく、その好意は理解できた。学問ばかりで武芸の苦手な駿介を鍛《きた》えてくれようというのだろう。藩校の方は、彼の教えの甲斐《かい》あってか、留守にしても問題はない。むしろ藩校は駿介より年上ばかりだし、足軽風情が教授など、という風潮もないではなかったので、それを知った正隆が別の役目を与えてくれたのである。

姥山というのは、領内の西の外れ。箱根と足柄の中間にある里で、そこには正隆の父である先君、正頼《まさより》の隠居所があるのだ。噂では、どうやらその里には代々喜多岡家を守る素破《すっぱ》の一族があるらしい。

どのような理由によるものか、その里に姫君、鞘香が預けられていたのだ。

その鞘香も十八となり、山を下りて小田浜に入り、さらには江戸へ行くというのだ。供をするのは名誉なことだが、山どころか、領内すら出たことのない自分の、ひ弱な足腰で大丈夫だろうかと、駿介は不安になった。

とにかく着替えの下帯や足袋《たび》、草鞋《わらじ》などを揃え、緊張のあまり厠《かわや》へ行って戻り、また仕度をした。

そして昼餉を終える頃、誰かが彼の長屋を訪ねてきた。

「小久保駿介どののお宅はこちらですか」

凛《りん》とした声が響き、駿介は玄関に出た。

立っているのは、編み笠を手にし、颯爽《さっそう》とした旅仕度の武士。いや、女だ。

長い黒髪を後ろで束ね、ぱらりと前髪を垂らした整った顔立ち。野袴《のばかま》に大小の刀を帯《お》びた長身だが、その胸は僅《わず》かに膨らんでいる。

二十代半ばか、何とも見目麗しい女武芸者ではないか。

「はい。私が小久保駿介です」

「私は、江戸屋敷から殿とご一緒に参りました高野美謝《たかのみさ》。姥山までお供つかまつります」

「え……、そ、それは、とにかくお上がりを」

駿介は目を丸くして言ったが、美謝は大刀を鞘ぐるみ抜いて、上がり框《かまち》に腰掛けただけだった。

すぐにも出立する姿勢である。駿介は急いで手甲脚絆《てっこうきゃはん》を着け、羽織を着た。そして着替えの入った荷を背中から斜めに背負い、大小の刀に柄袋をはめた。

「お待たせいたしました」

駿介が言うと、美謝は立ち上がって刀を帯び、先に外へ出て編み笠をかぶった。

彼も草鞋を履き、しっかりと結んでから編み笠を手に長屋を出た。食料や竹筒の水などは、途中の茶店で都合すれば良いだろう。

「では参りましょう。鞘香様にお会いするのは二年ぶりです」

美謝が、心浮かれるように笑みを含んで言った。

山までは、しばらく平坦な道が続くので気軽に話すことが出来た。もっとも駿介は、生まれて初めての役目の重さと、美しくも凜々《りり》しい美謝に接して緊張が去らなかったから、もっぱら話すのは彼女ばかりだ。

美謝は江戸生まれ、正隆が幼名の新弥だった頃に教育係をしていたようだ。剣の腕は藩内で比類なく、正隆の腹違いの妹、鞘香にも仕えていたらしい。

鞘香の母親は、かがりという先君の側室。そのかがりが姥山の出なのだ。

先君正頼は、跡目を正隆に継がせ、かがりとともに二年前に姥山へ行って隠居した。そのとき十六だった鞘香も、一緒に赴いたのである。

「なぜ、姫君が姥山へ？」

駿介は、疑問に思っていたことを訊《き》いてみた。

「素破の修行のためです」

「な、なぜ、姫君が修行など……」

「それは、血のなせる業《わざ》でしょう。かがり様同様、鞘香様も生まれ持った体術の素質がありました。それを伸ばしたいがため、自ら過酷な修行の道をお選びになったのです」

美謝の言葉を、駿介は理解できなかった。姫君として安穏に暮らしていれば良いものを、どうしてわざわざ野山の中で辛い思いをしなければならないのか。

やがて山道に入ると、二人とも言葉少なになって歩き続けた。

二

「う、姥山へは、あとどれぐらいでしょう……」

息を切らして獣道を進みながら、駿介が音《ね》を上げたように言った。

少し前をゆく美謝が振り返り、彼の様子を見てから傍らに腰を下ろした。どうやら休憩してくれるようだ。

「私も行ったことはありませんが、今日中には無理です」

美謝は呼吸一つ乱さずに言い、竹筒の水で軽く喉を潤《うるお》した。

駿介も、竹筒に残った水を全て飲み干してしまった。しかし水音が聞こえているので、間もなく補充できるだろう。

「で、では、今宵は……？」

「途中に山小屋があり、そこまでは私もかつて足を運びました。その小屋で、姫様と落ち合う手筈になっております」

美謝が言う。姥山と小田浜城の連絡は、鷹の足にくくりつけた手紙でやり取りしているようだった。

今は何刻だろうか。森の木々は深くて、あまり日の位置が分からない。山に入って一刻半（三時間ばかり）は経っているので、そろそろ暮れる頃だろう。

歩いているうちは身体も温かく、着物の内で肌が汗ばむほどだったが、休憩すると山の冷気に身震いがし、白い息とともに肌から湯気が立ち昇った。

美謝の心根をそっと覗いてみると、この厄介者を連れて小屋までたどり着けるだろうか、という心配ばかりだった。

「申し訳ありません」

「え……？」

駿介が言うと、美謝が顔を上げて訊いた。

「いえ、足手まといでしょう。もう大丈夫ですので先を急ぎましょう」

「なんの、殿がお選びなされた方ですので、必ず私が小屋までお連れ申します。山歩きに不慣れならば、遅れるのは当然のことですので、どうかお気になさいませぬよう」

美謝も答えて立ち上がった。

そしてまた二人は黙々と獣道を上った。美謝が少し先を行き、滑りやすい場所になると振り返って気遣ってくれた。

急斜面がなくなり、やや平坦な道になると、駿介も多少は余裕を取り戻し、風上にいる美謝のほんのり甘い匂いを感じ取ることも出来るようになってきた。

途中に渓流があり、そこで二人は水を補給した。蕩々《とうとう》とした流れは、雪解け水を含んで激しかった。

『早く、会いたい……』

心の中に、声が響いてきた。

（え……？）

以前から感じる心の声が、今はずっと近くから響いてきたように思え、駿介は思わず顔を上げて周囲を見た。もちろん木々の他に見えるものはない。

（まさか、姫様……？）

鞘香が、ずっと駿介に呼びかけ続けていたのだろうか。いや、それは駿介ではなく、自分の心の声を察知できるものを探しているのかもしれない。

やがて日が西に没した。黄昏《たそがれ》の空が、次第に夕闇に包まれてゆく。

「小屋は、すぐそこです」

美謝が言った。目の前には渓流があった。

「しかし、丸木橋が流されているようです。飛び越しますのでお気をつけて」

美謝は言い、先に助走をつけて向こう岸へと跳躍した。

距離は、ほんの一間半ばかり（三メートル弱）だが、何しろ下は激しい流れなので目が回りそうだった。

もっと狭い場所はないか恐々と左右を見たが、どちらももっと険しく、丸木橋があっただけに、ここが一番無難な状況だった。

彼女は難なく着地し、すぐ脇にあった木立に摑まってからこちらを振り返った。

「さあ、勢いをつけて。私が支えますので」

「え、ええ……」

駿介は、思わず唇を舐めて身構えた。流れの先は、どうやら滝にでもなっているようで、激しい水音が聞こえていた。

「何なら大小を先に、こちらへ投げますか」

「いいえ、大丈夫です」

駿介は答え、足場を固めてから少し戻って助走をつけ、意を決して踏み切った。

待っている美謝が近づき、右足を崖にかけて安心した途端、そこがずるりと滑って彼は転落した。

「うわ……」

「しっかり！」

落ちたと思ったが、寸前で発止《はっし》と美謝が彼の手首を摑み、渾身《こんしん》の力で引っ張り上げてくれた。何とか駿介は、下半身を水に浸しただけで、ヒイヒイ言いながらやっとの思いで這い上がっていった。

水の冷たさが気を引き締め、あとは何とか立ち上がると、それを抱き締めるように、美謝の顔がすぐ近くにあった。

途端に、美謝がぷっと吹き出した。よほど、駿介は情けない顔と格好をしていたのだろう。

「失礼。よう飛び越されました。お見事ですよ」

美謝が言い、花粉のように甘い吐息の匂いを感じた駿介は、ただ緊張と安堵感に小さく頷くばかりだった。

「さあ、暗くなる前に急ぎましょう」

美謝が言い、また先に進んだ。

濡れた下半身が冷えて歩きにくかったが、とにかく彼も急いだ。

すると森が切れ、正面に掘っ立て小屋があった。傍らには小川もあるので、さっきの渓流まで水を汲みに行かなくても大丈夫だ。

中に入り、美謝がすぐ囲炉裏《いろり》に火を熾《おこ》した。

どうやら姫様が立ち寄るということで、姥山の者が準備を整えておいたらしく、火打ち道具に薪《まき》、茣蓙《ござ》に食料も揃っていた。

中は六畳ほどの広さで、中央に鉄鍋のかかった囲炉裏、半分が土間で薪の束が積まれ、あとは茣蓙の敷かれた板の間だった。しかも大きな綿入れの掻巻《かいまき》まで置かれているではないか。

「これは、何から何まで、助かります」

美謝が言い、薪に火が点くと鉄鍋を持って水を汲みに出ようとした。

「あ、私が……」

「いいえ、私が致します。駿介どのは、濡れたものを脱いでいてください。汗に湿った肌着も」

彼女は言って、すぐ小屋を出て行った。

とにかく駿介は草鞋を脱いで板の間へ上がり、大小と編み笠を置いて背中の荷を解いた。そして足袋と手甲脚絆を解き、濡れた袴を脱いで吊した。下帯もびっしょりなので、すぐに解き放って、室内に張られた綱に干していった。

そこへ美謝が戻ってきた。

縮こまった一物を隠し、駿介は背を向けて手拭いで濡れた肌を拭いた。

そっと振り返ると、美謝は水の入った鉄鍋を囲炉裏にかけ、用意されていた米を入れてからこちらへ上がり込んできた。

そして彼女も大小を置くと、黙々と足袋や袴を脱ぎはじめた。

「あ、失礼……」

そちらを見ないようにして言ったが、美謝は平然としていた。

「お気遣いなく。殿のお言いつけで山に入った以上、ここは戦場と同じです。男も女もありませんので」

彼女は言い、やはり汗に湿った肌着を吊しはじめた。

たちまち狭い小屋の中に、生ぬるく甘ったるい女の匂いが籠もりはじめた。同じ汗でも、やはり男とは成分が違うようだ。それは、男装で鍛え抜いた美謝であっても、駿介にとっては心酔わす芳香を発していた。

そっと彼女の心を覗いてみたが、やはり美謝は役目をつつがなく終えようという使命感だけが全てを占めていた。

姫君らしき心の声も、今は全く途絶えていた。

鞘香がここへ来るのは、おそらく明朝だろう。今宵一夜は、美謝と二人きりで過ごすのだ。駿介は、小屋へ着いた安堵感もあり、生まれて初めて女に接していることを激しく意識しはじめた。

やがて身体を拭き終わり、駿介は替えの下帯と肌着を着け、着物を羽織った。

美謝も同じようにし、薪をくべては鍋をかき混ぜ、塩や山菜を入れていた。

火の勢いがついてくると、ようやく粥の香りとともに小屋の中も暖まってきた。

やがて二人は木の椀に注いだ山菜粥を食い、駿介も人心地を取り戻した。

学問一筋と思っていた自分の人生に、よもや山で過ごすときが来るなど、今まで夢にも思っていなかったものだ。

鉄鍋を空にして水を飲むと、二人は明日に備えて寝ることにした。

三

「ご遠慮なく、どうかもっと近くへ。くっついた方が暖まります……」

添い寝した美謝が囁《ささや》き、駿介も肌を密着させていった。

彼女の提案で、互いに一糸まとわぬ全裸である。冷え込む夜には、その方が暖め合えて良いということだ。

すると駿介の右側に寝ている美謝が左腕を伸ばし、彼に腕枕をしてくれた。

さらに掻巻にくるまると、中に女の匂いが籠もった。

たくさん薪をくべておいた囲炉裏の火で、視界もうっすらと明るかった。

目の前には、美謝の白く形良い乳房があり、ぽつんと色づいている乳首も見えていた。

吸い付きたいが、やはり緊張に身体が動かない。単に暖め合うという名目だけでくっついているのだとしたら、美謝は不埒《ふらち》な振る舞いを許さないだろう。これほどの美女にならどんな打擲《ちょうちゃく》を受けても構わないし、それは甘美なものに違いないが、やはり嫌われることは避けたかった。

そっと美謝の心根を覗いてみると、さっきとは変化していた。

相変わらず心の大部分は役目への使命感だが、その片隅に、言いようのない感情の揺らぎが混じっていた。

『なんて可愛い……。できることなら、ここで初物を食べてしまいたいが、役目の前にそれは出来ない……』

言葉ではなく、そのような感情が美謝の内部に巣くっていた。

（美謝様も、私に淫気を覚えているのだ……）

そう思うと、駿介の胸は感激に打ち震えた。

そして僅かに身じろぐと、思わず激しく勃起した一物の先端が美謝の肌に触れてしまった。

「まあ、固くなっております……」

美謝が囁いた。

「も、申し訳ありません。つい……」

駿介は、腰を引きながら言った。

「なりませんよ。ここへ、戯《たわむ》れに来たのではありませんから。早くお眠りなさい」

美謝は甘い息で囁きながら、抱き締める手をゆるめることはなかった。

「はい、承知しております……」

「駿介どのは、姉上は？」

「私は一人っ子で、もう二親もおりません」

「そう。ならば今宵は私が姉です。妙な気は起こしませぬように」

「分かりました……」

駿介は答え、目を閉じた。しかし、かえって美謝の温もりと吐息の甘さばかりが強く意識されてしまった。

ふと、美謝の唇が彼の耳に触れた。

「こんなに冷たい……」

美謝は囁き、口を開いて息を吐きかけ、彼の耳を温めてくれた。

姉のようなつもりでしたのだろうが、かえって彼は艶《なま》めかしい気持ちに満たされてしまった。

湿り気を含んだ甘い匂いが、頬を伝わって彼の鼻腔《びこう》をくすぐってきた。

駿介は、思わず顔を上げて彼女の吐息を正面から受けた。甘く切ない匂いに、駿介はうっとりと酔いしれた。

「ああ……、あまりのかぐわしさに、漏らしてしまいそうです……」

駿介は身悶《みもだ》えながら、正直に言った。

「まあ、そんなにも淫気が高まってしまったのですか……」

「ええ、どうにも……」

「駿介どのは、もう女の身体は？」

「何も、存じません……」

「そう、やはり未だに無垢《むく》ですか。でも、自分ですることはあるでしょう。構いません。淫気が高まって眠れなければ、明日のお役目にも差し支えるでしょう。こうして抱いていて差し上げますから、ご自分で済ませなさい」

「よ、よろしいのですか……」

駿介は感激に、思わず触れる前から暴発しそうになってしまった。美女と、こうした会話をしているだけでも、相当に刺激的なのだ。

出来れば、美謝が眠ってからこっそり手すさびしようかと思っていたから、彼女が承知の上で抜くなら願ってもないことである。

しかし駿介がそろそろと股間に手を伸ばそうとすると、

「お待ちなさい。私が、手でして差し上げましょう……」

美謝が言った。

「ほ、本当ですか……」

「ええ、でも手だけですよ。早く済ませて休みましょう」

美謝は囁きながら、右手を伸ばし、彼の胸から腹へと撫で下ろしていった。それだけでも、ぞくぞくする快感である。

やがて彼女の指先が、そっと股間に這い回ってきた。恥毛に触れ、屹立《きつりつ》した肉棒をたどり、緊張に縮こまったふぐりもいじってくれた。

「ああ……」

駿介は、生まれて初めて触れられた快感に喘ぎ、さらに彼女に肌を密着させた。

二つの睾丸を確認するように探り、ひととおり股間全体に触れてから、美謝はやんわりと一物を握ってきた。

ほんのり汗ばんだ、柔らかな手のひらに包み込まれ、その中で肉棒がひくひくと震えた。

「気持ちいい？」

「は、はい……。あの、出来れば口吸いを……」

駿介は、近々と迫っている美女の顔を見上げながら言った。

「なりません。一つ許したからといって、どんどん図々しくなる子は嫌いですよ」

「ならば、せめて息を……」

「それぐらいならば、構いません」

言うと、美謝はにぎにぎと一物をしごきながら、生温かくかぐわしい息を吐きかけてくれた。自分の吐息が、どれほど男を酔わせているかも分からないだろうが、惜しみなく与えられながら駿介は激しく高まった。

彼女は腕枕しながら一物を逆手に握って動かしているため、しなやかな指が肉棒の裏側を刺激していた。

そっと心根を覗くと、

『ああ……、お口でしてあげたい。無垢な子だから、飲んであげたらどんなに悦《よろこ》ぶことでしょう……』

何と、美謝はそのようなことを思っていたのだった。

(口で……？　しかも精汁を飲む……？)

駿介は驚いていた。美謝は、そのような体験を持っているのだろう。しかも、それ以上の驚きは、武士がそのような行為をしているということだった。

駿介も、江戸から帰ってきた同輩にもらった春本などをこっそり見て、そうした行為があることは知っていたが、それはあくまで架空の話か、あるいは庶民のみと思っていたのだ。

どうやら美謝は、堅物そうな外見に似合わず、多くの体験を持っているようだった。しかし、やはり駿介は自分から要求することが出来ず、ただされるまま高まっていったのだった。

絶頂が迫ると、駿介は身悶えながら美謝に顔を押しつけた。

彼女も、口吸いはしてくれなかったが、大きく開いた口で彼の鼻を覆って温かな息を与えてくれた。

「あぁッ……！　出る……」

濃い匂いのする花弁に顔中を埋め込んだような心地で、あっという間に駿介は絶頂に達してしまった。胸の奥にまで美女の甘い吐息が染み込み、彼は身悶えながらありったけの精汁を噴出させていた。

「さあ、もっとお出しなさい……」

美謝は囁きながら優しく指を動かし、最後の一滴まで絞り出してくれた。

すると、その時である。

『アアーッ……！　き、気持ちいい……』

心の奥に、声が響き渡ってきた。美謝ではない。姫君らしき、すっかり馴染《なじ》んだ声である。

あるいは姫君は、同じ時間にどこかで自分を慰め、彼の絶頂を察知して同時に昇り詰めたのではないだろうか。だが、姫君ともあろうものが手すさびなどするだろうか。まして素破の修行をしていたとはいえ、そうそう心の声を交わせる特殊能力の者がいるとも思えない。疑問は山ほどあった。

駿介はそのように思いながら、やがて全身の硬直を解いてぐったりと身を投げ出していった。

「あうう……、も、もう……」

なおも指を動かされ続け、駿介は呻き、過敏に反応しながら腰をよじった。

ようやく美謝も動きを止め、彼の呼吸が整うまで、そのままじっと抱いていてくれた。

駿介は、美謝の唾液と吐息の匂いに包まれながら荒い呼吸を繰り返し、うっとりと快感の余韻に浸り込むのだった。

やがて美謝は掻巻から手を出して懐紙を取り、指を拭ってから彼の一物も拭き清めてくれた。

「さあ、これでぐっすり眠れるでしょう……」

「はい……、有難うございました……」

駿介は脱力感と、言いようのない充足感の中で答えた。

もう、心の中に響く声も聞こえなくなっていた。そして、やはり疲れていたのだろう、間もなく駿介は美謝の温もりの中で深い眠りに落ちていった。

四

「あ……、お、お早うございます……」

暖かな掻巻の中で目を覚ますと、駿介は慌てて起き上がって言った。

すでに美謝は隣に居らず、すっかり身繕いを整えて朝餉の仕度をしてくれていたのだ。しかも、彼女は干してあった肌着もしまい、下がっているのは駿介の分ばかりだった。

まだ夜明け前か、外は暗かった。

「お早う。よく眠ったようですね。もう疲れも取れましたでしょう」

美謝は笑顔で言い、駿介も搔巻の中で新たな下帯を着けた。

疲れは全く取れていなかった。むしろ全身が重く、起き上がるのも億劫《おっくう》なほどである。

しかし帰りは下りばかりだし、それに何よりも、昨夜の出来事が彼を有頂天にさせていた。情交したわけではないが、彼女の手で昇り詰め、ずっと肌をくっつけて一夜を過ごしたのだ。

まして彼女とは、鞘香を伴って江戸まで一緒に行くことになるだろう。その間には、さらなる進展があるかも知れないと期待した。

肌着と着物を着て、さらにまだ湿っている袴を穿いた。

本当なら早起きし、外で美謝が用を足すところを、覗けないまでも音なりと聞きたいと思っていたのだが、先に起きられては仕方がない。もう彼女も用を足し終わってしまっただろう。

主君から言われた大切な役目の最中なのだが、やはり昨夜の快感があるから、駿介もだいぶ気持ちに余裕を持ちはじめたようだった。

そして二人で朝餉を終える頃、夜が明けてきた。

あとは、鞘香がここへ到着するまで待機していれば良いだけだ。幸い今日も晴れて、山を下りるにも支障はなさそうだった。

駿介は小屋から出て、小川で顔を洗って房楊枝で歯を磨き、さらに用も足した。

そして袴を整え、小屋に入ろうとしたとき、彼は多くの人間の想念を察知した。

（え……？）

最初は鞘香かと思ったのだが、それは違っていた。邪悪で凶暴な、多くの男たちである。

『おお、煙が上がっているぞ。小屋があるようだ』

『一晩中歩きづめだからな、そこで休もう。誰かいたら、ぶっ殺して金を奪えばいいさ』

だいぶ距離が近いのか、男たちの想念、というより会話まではっきり胸に響いて、こちらに近づいてくるのが分かった。

駿介はすぐ小屋に戻り、大小を腰に帯びた。

「大変です。野臥《のぶ》せりらしき男たちが三人近づいてます」

「なに、三人？　見たのですか」

「いえ、分かるのです。気をつけてください」

「何の気配もしないが」

駿介が切羽詰まった表情で言うと、美謝も半信半疑ながら大小を腰にして小屋を出て様子を窺った。

その瞬間、銃声が鳴り響き、美謝の傍らで小屋の板が弾け飛んだ。

「何者！」

美謝が身を屈めて叱咤《しった》し、鯉口《こいぐち》を切った。駿介も、恐る恐る顔を出して見た。

「おお、おなごか。凛々《りり》しいのお。じゃ殺すのは後回しだ」

濁声《だみごえ》がし、草の斜面を三人の男たちが下りてきた。正面が髭面の大男。その後ろの二人は鉄砲を持っている。一人は手早く新たな弾を込め、もう一人は火縄を吹きながら、こちらに銃口を向けていた。

「小屋には何人だ。有り金と身ぐるみ貰うぜ」

「不逞《ふてい》の輩《やから》め！　ここは小田浜藩の領内なるぞ！」

美謝は負けじと怒鳴り返した。

ひ弱でも、女を楯にするわけにはいかない。駿介はがたがた震えながらも小屋を出て、抜刀しながら美謝の前に出た。

「用はない。立ち去れ！」

駿介は、声の震えを隠すように大声を出したが、

「男か、こっちこそ用はねえ」

髭面が顎をしゃくると、同時に銃声が鳴った。

「危ない！」

美謝が叫んで駿介を突き飛ばした。そして彼女は、ウッと腕を押さえてうずくまった。どうやら駿介を庇い、自分が被弾したようだ。

「お、おのれ……！」

駿介は恐怖よりも怒りが先に立ち、正面の男に身構えた。

「ほほう、弱そうだな。銃は必要ねえ。着物に穴が空く」

髭面が言うと、後ろの二人も下卑《げび》た笑いを浮かべて銃口を下ろした。確かに、無駄玉を使わなくても、兄貴分がひねり潰すと確信したのだろう。

「さあ、かかって来いよ。小僧」

髭面は言い、腰の剛刀を抜き放った。

しかし、その瞬間である。

ザザーッと頭上で葉ずれの音がしたと思ったら、何かが木から木へ飛び移るよう

に宙を舞った。

「猿か……？　へぐッ……！」

髭面が頭上を見上げた途端、奴は奇声を発して血を飛び散らせた。そのまま眼球を飛び出させ、斜面を転がって渓流に落下していった。

「な、何だ……、うわッ！」

「むぐッ……！」

残る二人も、銃口を構える余裕すらなく、頭を割られて次々と水に落ち、雪解け水の中を流されていった。

喧噪が、嘘のように静まりかえった。

駿介は、何が起こったのか分からず、誰もいなくなったところに切っ先を向けたまま立ち尽くし、うずくまった美謝も呆然としていた。

その彼の前へ、音もなくスックと降り立ったものがいた。

柿色の袖無し羽織を荒縄で縛り、裾が短いので太腿を露わにしている。手甲脚絆に長い髪を束ねた、何とも凄みのある美少女ではないか。

「さ、鞘香様……！」

「美謝！　大事ないか……」

美謝の声に、美少女は駆け寄り、着物を脱がせて傷を見た。

（こ、これが、鞘香姫……？）

駿介は目を丸くし、思い出したように刀を納めようとしたが、切っ先が震えてなかなか鯉口に入ってゆかなかった。

何という美貌だろうか。十八ということだから駿介よりも一つ上。だから美少女というのは適切ではない。野趣溢れる、超美女である。

鞘香は、美謝の片肌を脱がせ、左の二の腕あたりを見ていた。朝日に鮮血が痛々しく、白い肌を彩《いろど》っていた。

「大丈夫。かすっただけだ」

「姫様。それより、自らお手を汚すようなことは、どうかお慎みなさいませ……。それにしても、鬼気迫る石飛礫《いしつぶて》の威力……」

二人の会話で、ようやく駿介も、三人の山賊は真上からの石飛礫で頭蓋を粉砕されたのだと知った。

鞘香は美謝の傷口を舐めていた。

「あ、勿体《もったい》ない。どうか……」

「わ、私が致します……。何の役にも立たず面目《めんもく》ありません」

駿介は駆け寄り、鞘香に代わって美謝の傷口を舐めた。鮮血の鉄分の味に混じって、鞘香の唾液の匂いがほんのり感じられた。

目の前には、美謝の左の乳房もあり、同時に甘ったるい汗の匂いも彼の鼻腔をくすぐってきた。

「お前が、小久保駿介か」

「は、はい。お迎えに参上つかまつりました」

駿介はその場に平伏しようとしたが、

「良い。美謝の手当を終えてから話そう」

鞘香は言い、先に小屋に入った。そして吊してあった駿介の下帯を持って戻り、美謝の腕を縛った。

「あ……、そ、それは私の……」

「大事ない。昨日水に浸かったから綺麗だろう」

「な、なぜそれを……」

鞘香の言葉に駿介は言ったが、すぐ心の中に声が響いてきた。

『探していたぞ。私の心の声が通じる男を』

『では、やはり、姫様の声でしたか……』

駿介が驚いて心の中で言うと、鞘香はにっこりと笑みを向けた。

何と可憐な表情だろう。さっきまでの闘争本能の固まりのような殺気は消え失せていた。

駿介は、言いようのない幸福感に包まれた。そして、この姫君のためなら、命も投げ出せると確信したのである。

とにかく美謝を支えて小屋に入り、駿介はあらためて鞘香に向かって平伏し、挨拶をしたのだった。

五

「それにしても驚きました。お着物で、お供を付けて山を下りてくると思いましたので」

「一人で来た。それに、野臥せりの気配を察したので急いだのだ」

美謝の言葉に、鞘香は答えた。二人も二年ぶりの対面なのだろう。

幸い、美謝の傷は浅く、もう血も止まっているようだった。

「何と逞しく、そしてお美しくなられました。大殿様もかがり様も、お元気でい

「らっしゃいますか」

「ああ、息災にしている。あかりにも、この二年間さんざん鍛えられた」

鞘香が言う。あかりとは、姥山の衆の若き頭目《とうもく》で、かがりとは従姉妹《いとこ》同士になると聞いている。

とにかく姥山は女ばかりの里で、男は唯一、先君の正頼だけなのだ。

鞘香が、駿介の方を見た。

「父上以外の男を見るのは、二年ぶり。なるほど、力はないが、藩校きっての秀才か。昨夜は、よく手だけで我慢したな」

「な、何を仰います……!」

鞘香の言葉に、駿介よりも美謝が驚いて真っ赤になった。

「あはは、まあ良い。傷が痛まねば出立しよう」

彼女が言い、とにかく駿介と美謝は仕度を調《ととの》えた。

鞘香は山にいた頃の格好だが、やはりさすがに立ち振る舞いには気品も感じられた。十六までは江戸や小田浜にいたのだから、単なる野生児ではない。

太腿の小麦色が何とも健康的で、胸や腰の丸みは紛れもなく乙女《おとめ》のものだ。この愛くるしい姫君が、必殺の体術を身に付けているなどとは、外見からは全く信じられなかった。

やがて三人は小屋を出て、山を下りはじめた。

昨夕、辛うじて飛び越えた渓流も、今回は対岸が低いので駿介も難なく飛び越すことが出来た。ただ美謝と鞘香は心配し、向こう側から駿介の両手を摑んで支えてくれた。

まったく、美女二人に助けられるとは情けない限りだが、あとは滑らぬよう注意するだけで、帰り道は上りよりずっと楽だった。

鞘香は、二年ぶりに山を下りるのが嬉しいらしく、先へ走っては木に登り、下界を見下ろしたりしていた。危なげはないので注意はしないが、やはり山にいただけあり、通常の十八よりはずっと幼く無邪気な感じがした。

しかし鞘香は、男女の情交の知識や、手すさびによる快感は充分に知っているようだ。

それは、噂に聞く淫法という修行もしてきたからではないか、と駿介は思った。

淫法とは、色仕掛けで敵を陥落させたり、あるいは子の出来ぬ主君の淫気を増幅させる術と聞いている。

里は女ばかりだし、唯一の男は鞘香の父親だから、当然ながら彼女はまだ生娘《きむすめ》であろう。

「気になっておりましたが」

歩きながら美謝が、目だけは先を行く鞘香から離さずに言った。

「はい？」

「なぜ駿介どのは、野臥せりが近づくのが分かったのです。しかも人数まで」

「私は、人の強い想念を感じ取ることが出来るのです」

「想念……？」

「ええ、持って生まれた力なので、うまく説明できないのですが、おそらく弱い者が持つ習性ではないかと」

駿介は答えた。

「なるほど。特に、近づく者の害意が分かるとか？」

「そうです。むろん私へ向けられた感情が主となりますが」

「凶悪な感情以外でも？　例えば好意とか」

「分かります。大体のところは」

「では、私が何を思っているかも？」

美謝が、駿介に目を向けて訊いた。

「はい。姫様に再会できた歓びと、先ほど指摘されたことへの羞恥、それから」

「もう結構です」

美謝は言い、心の内を見透かされることを拒んだ。

「では、姫様もそうした力を持ち、私の心根を？」

「はい。あるいは」

駿介は曖昧《あいまい》に答えた。彼と鞘香だけが心の中で会話できるとなると、美謝が不快に思うかもしれないからだ。

「姫様は……？」

美謝が再び目を前方に向けたとき、もう鞘香の姿は見えなくなっていた。

「まさか、崖から……」

「そんな、私ではあるまいし」

二人が不安げに周囲を見回していると、いきなり駿介の背中に生温かなものがのしかかってきた。

「あははは、二人で何を仲良く話していた」

鞘香が言い、駿介におぶさってきた。彼も支えるため慌てて手を回したが、むっちりした太腿の感触があまりに艶めかしくて胸が弾んだ。

それほど重くはないし、道も徐々に平坦になってきたから歩みに危険はなく、駿介もそのまま背負って歩いた。もっとも、駿介が転べば、鞘香はいち早く跳躍していることだろう。

背中には、鞘香の柔らかな胸の膨らみが密着し、腰には何やらコリコリするものが押しつけられていた。それは恥骨の膨らみであろうか。

そして鞘香の熱いほどの温もりが、彼の全身に伝わってきた。

しかし、全くといって良いほど体臭がなく、肩越しに吐きかけられる息にも匂いは感じられなかった。残念なことだが、それはおそらく素破の習性なのだろう。敵に察知されぬよう、戦いの前に全ての匂いを消し去ってしまったようだ。

だが、これからは素破ではなく、姫君としての生活が始まるのだから、やがて彼女本来の匂いを取り戻してくるだろう。

『駿介……、お前が気に入った……』

心に、鞘香の思いが流れ込んできた。あまりに間近だから、それははっきりと胸に響いた。そして、それが嘘でないことも確信できた。

まあ、単に里を下りて最初に出会った男ということもあるだろうが、鞘香の母親かがりも、聡明だが体力的には頼りにならぬ先君に仕えたのだから、好みは遺伝的なものなのかも知れない。

『姫様……』

『母上に言われた。人には聞こえぬ、音の波で話せる男を捜せと』

鞘香は胸の内で囁き、そっと駿介のうなじに唇を押し当てた。彼は思わず力が脱けそうになり、勃起を抑えるのが大変だった。

やがて獣道を抜けると、箱根と小田浜を結ぶ街道筋に出た。鞘香も駿介の背から下り、途中の茶店で三人は昼餉を済ませた。

そして街道を歩き、八つ半（午後三時）頃には、海沿いの御幸ケ浜《みゆきがはま》にある屋敷へと到着した。

ここは城主が療養などに使う別宅で、俗に浜屋敷と呼ばれるところだ。

すでに女中たちが湯殿の仕度を調え、鞘香の世話をした。彼女が湯から上がると髪を結い、着物を着せて姫君の姿形を整えた。

そして用意されている乗り物で、城内へと赴いた。むろん駿介と美謝も伴い、無事の到着を正隆に報告した。その報せは、鷹の足に付けた文で姥山にも届いていることだろう。

正隆は久々に会う妹の成長ぶりを喜び、宴《うたげ》を催《もよお》した。

駿介も相伴《しょうばん》したが、あらためて見る鞘香の何と美しいこと。結った髪に煌《きら》びやかな飾りが付き、絢爛《けんらん》たる着物に薄化粧した顔は人形のようだった。もちろん鞘香もそうした衣装の時は神妙にしていた。

家臣たちも見惚れ、駿介も足軽上がりの自分が同席していることに恐縮したが、鞘香と最も親しいのは自分だという自尊心があった。

やがてお開きとなると、駿介は城を下がり、今夜から江戸へ発つ日までは浜屋敷に寝泊まりすることとなった。美謝は、腕の傷を典医に診てもらうため、今夜は城泊まりである。

暗くなって浜屋敷に戻った駿介は、鞘香が入ったあとのぬるめの湯に浸かり、ようやく寝巻きに着替えて寛《くつろ》いだ。

浜屋敷は二階建てで、彼の部屋は二階の東端だった。階下には、数人の女中が居るだけである。

とにかく、行きはどうなることかと思ったが、駿介は今回の役目を命じられて本当に良かったと思った。鞘香の可憐さもさることながら、何しろ昨夜は山小屋で、美しき女武芸者の美謝と全裸で添い寝したのである。

それは夢のような出来事だったが、今もその時の快感や美謝の温もり、匂いや指の感触までが、はっきりと肌の隅々に残っていた。

駿介は行燈《あんどん》を点けたまま、延べられた床に仰向けになり、寝巻きの前をはだけて下帯を解いた。昨夜の記憶と、今日鞘香と接触した数々の思い出に、すっかり一物は屹立していた。

そして彼が肉棒を握り、手すさびを開始した途端、

「駿介……」

いきなり声がして、何と部屋に鞘香が入ってきたではないか。しかも柿色の袖無し羽織、山を下りてきたままの衣装なので、駿介は度肝を抜かれた。

第二章　初体験に身も心も蕩け

一

「ひ、姫様……、どうしてここに……！」

　駿介が目を丸くし、慌てて股間を隠しながら半身を起こした。

「お前に会いたくて、城を抜け出してしまった」

鞘香は、はにかみながら答えて傍らに座った。せっかく結った髪も解いて束ね、しかも腰の荒縄を解きはじめたではないか。

「だ、大丈夫でしょうか。姫様がいないことが知れたら、お城で大騒ぎに……」

「大事ない。身代りを使ったし、夜明け前には戻る」

鞘香が言う。どうやら年格好の似た若い女中に暗示をかけ、自分そっくりに作り替えて寝所に寝かせてきたのだろう。

それにしても警護の厳重な城を抜け出すとは、さすがに天性の素質を持った素破ならではだろう。

それよりも、たちまち全裸になってしまった鞘香に、駿介は激しく動揺した。

そして彼女は、駿介が羽織っていただけの寝巻きを取り去り、互いに一糸まとわぬ姿になってしがみついてきた。

「うわ……、い、いけません……」

仰向けに押し倒され、駿介は混乱と興奮に身悶えた。

いかに鞘香の好奇心から発し、自分に命じたとしても、情交などして良いものだろうか。もちろん、許されることではない。例え自分が足軽上がりでなく、上級藩士だとしても躊躇《ためら》っていただろう。

すぐ近くに、じっと自分を見下ろす鞘香の顔があった。それは、互いの鼻が触れ合うほどの近距離である。

ぷっくりとした愛らしい唇が僅かに開き、ぬらりとして滑らかな光沢ある白い歯が覗いていた。そこから洩れる吐息には、ほんのりと甘酸っぱい果実のような匂いが含まれていた。

仙境から下界に降りてきて、徐々に本来の十八歳らしい娘の匂いを宿しはじめたようだった。

鞘香は彼の目の奥を見下ろしながら、そっと頰や鼻に触れ、唇を撫で、とうとうぴったりと唇を重ね合わせてきてしまった。

「く……」

駿介は小さく呻き、ただ硬直するばかりだった。

鞘香はぐいぐいと密着させ、柔らかな弾力を伝えながら、ぬるりと舌を伸ばしてきた。駿介は甘酸っぱい芳香と唇の感触、そして舌のぬめりを感じながら、今にも暴発しそうなほど高まった。

恐る恐る前歯を開くと、鞘香の長い舌が奥まで侵入し、隅々まで探るように舐め回してきた。

駿介も舌を触れ合わせると、それは生温かく大きな蛞蝓《なめくじ》のようにぬらぬらとからみつき、滑らかな感触とともに、とろりとした清らかな唾液が口移しに送り込まれてきた。駿介はうっとりと喉を潤し、初めて体験した口吸いに身も心もぼうっとなっていた。

どれぐらい長く、互いの舌を舐め合っていただろう。

駿介が、姫君の唾液と吐息に酔いしれ、あまりの感激に気が遠くなる寸前、彼女は口を離してきた。

そして鞘香は彼の首筋を舐め下り、乳首にも舌を這わせてきた。

「アア……」

駿介は快感に喘いだ。熱い息が肌をくすぐり、濡れた舌がチロチロと乳首を探るのだ。彼女は左右の乳首を舐め、時には軽く歯を立てながら、徐々に真下へと下りていった。

「ああ……、そ、そこは、いけません……」

やがて彼女の指先が、そっと一物に触れてくると、駿介は必死の思いで言った。

「構わぬ。動かずにじっとしておれ。私の好きにする」

鞘香は言い、やんわりと幹を握ると、そっと先端に口づけしてきた。

「あう……」

駿介は、痺れるような快感と畏れ多さに呻き、顔をのけぞらせたまま全身を強ばらせた。

鞘香はにぎにぎと無邪気に指を動かし、舌を伸ばして鈴口から滲む粘液を舐め取ってくれた。さらに幹を舐め下り、緊張に縮こまったふぐりにもしゃぶりついてきた。男の身体が珍しく、まるで一つ一つ舌で確認しているようだった。

長い舌で二つの睾丸を転がしてから、袋全体を温かな唾液にまみれさせ、再び彼女は舌先で肉棒の裏側を舐め上げて、今度は口を丸く開いてすっぽりと呑み込んできた。

「ああ……」

駿介は、ただ喘ぐばかりだった。

もちろん初めての感触に高まりはするが、それ以上に姫君に一物をしゃぶられているという、あってはならない状況に頭が混乱していた。

「ンン……」

喉の奥まで深々と呑み込み、鞘香は小さく鼻を鳴らした。熱い息が恥毛をそよがせ、内部で蠢《うごめ》く舌に、たちまち一物全体は温かく清らかな唾液にどっぷりと浸り込んだ。

動くなと言われたのだから、突き放すわけにはいかない。

しかし否応なく絶頂は迫り、我慢できないところまで来ていた。

鞘香は幹を口で丸く締め付け、モグモグと動かしながら舌をからみつけ、上気した頬をすぼめては、ちゅーっと強く吸い付いていた。

しかも彼女は次第に顔を上下させ、濡れた口ですぽすぽと摩擦運動さえ開始してきたのである。

まるで全身が、姫君の温かくかぐわしい口に含まれ、唾液にまみれて舌で転がされているような快感だった。

「ひ、姫様……、なりません。も、もう……、あぁーッ……！」

駿介は腰をよじって口走り、とうとう昇り詰めて、激しい快感の津波に呑み込まれてしまった。

同時に、熱い大量の精汁が、どくんどくんと勢いよくほとばしって、姫君の喉の奥を直撃した。

「ク……」

鞘香は含んだまま小さく呻《うめ》き、それでも口を離さず噴出を受け止めた。

駿介は、畏れ多い快感の中で身悶え、最後の一滴まで出し尽くしてしまった。

すると彼女は亀頭を含んだまま、口に溜まった分をコクンと飲み込んだ。嚥下《えんか》されるたび、口の中がキュッと締まって駄目押しの快感が得られた。

（の、飲まれている……）

駿介は、感激というよりあまりの衝撃に身震いした。

精汁を飲むというのは、春本の世界や庶民ばかりでなく、ごく当たり前に行なわれていることなのだろうか。確か美謝も、心の中で飲みたいと言っていたし、これは、それほど突拍子のないことではないのかも知れないと思いはじめた。

やがて鞘香は全て飲み干し、ようやく口を離した。そして幹を握ったまま、なおも鈴口から滲む白濁の粘液を、丁寧に舌で拭い取ってくれた。

「アア……」

駿介は、射精直後で過敏に反応しながら喘いだ。

鞘香もちろりと舌なめずりしてから顔を上げ、そのまま駿介に添い寝してきた。

彼は鞘香を抱きすくめながら、うっとりと快感の余韻に浸った。

「気持ち良かったか、駿介」

「は、はい……。でも、恐ろしゅうございます……」

鞘香の囁きに、駿介は正直に答えた。激情が過ぎ去って徐々に冷静さを取り戻すにつれ、自分のしたことの大変さが実感できたのだ。

やはり、これが公になれば切腹どころか、我が家系がこの小田浜藩から消滅するだろう。

「何も、恐ろしがることはない。何もかも、私の心の赴くままにしたまで。お前に責はない」

　鞘香は言い、そろそろと移動しながら彼に腕枕してくれた。

　駿介も、甘えるように頬を無垢な膨らみに押し当て、胸元や腋の下から漂うほのかに甘い汗の匂いを感じ取った。鞘香は次第に、悩ましい生の体臭を漂わせはじめていた。

「さあ、少し休んだら、私に情交しておくれ」

「よ、よろしいのですか……、いや、しかし……」

　言われて、やはり駿介は迷った。

「姫様は、まだ無垢でございましょう……？」

「ああ、そうだ。お前と同じ、まだ何もしていない」

「しかし噂に聞く淫法というのは、挿入されることに慣れるため、張り型などを使用するのでしょうか」

　駿介は、気になっていたことを訊ねてみた。いや、気になるというより、やはり好奇心であろう。

「そうしたやり方もある。だが私は、まだ何も入れたことはない。生身の男を待ち、例え張り型でも入れなかったのだ」

鞘香は言い、駿介は彼女の熱い欲望と好奇心を悟った。挿入の疑似体験すらないだけに、彼女の淫気は激しく膨れ上がっているようだった。

やがて駿介の口に、彼女はそろそろと自らの乳房を押しつけてきた。

二

「吸って……。さあ、今度はお前が私を好きにする番……」

鞘香が囁き、駿介もちゅっと乳首に吸い付いていった。

もう、どちらにしろここまで来てしまったのだから、あとは同じことだろう。それに彼も、射精直後とはいえ初めての情交への期待に、急激にむくむくと回復していたのだった。

「アアッ……! き、気持ちいい……」

鞘香が顔をのけぞらせて喘いだ。彼女の吐息が鼻腔をくすぐり、悩ましく甘酸っぱい匂いが彼を酔わせた。それは精汁を飲み込んだ直後でも、さっきと変わらぬ果実臭だった。

舌で転がすと、桜色の乳首は唾液に濡れてコリコリと硬く突き立ってきた。

駿介はもう片方の乳首も含み、優しく吸った。顔中を膨らみに押しつけると、何とも心地よい張りと弾力が伝わり、奥からは鞘香の鼓動が聞こえてきた。

膨らみは、それほど大きくはないが実に形良かった。

左右の乳首を交互に舐め、膨らみの感触を味わいながら肌の匂いに鼻腔を刺激された。

彼はさらなる香りを求め、鞘香の腋の下にも顔を埋め込んでいった。

そこにはうっすらとした和毛《にこげ》が煙り、じっとり汗ばんだ窪みには何とも甘ったるい体臭が籠もっていた。夕刻に入浴したが、あれから時間も経っているし、城を抜け出すという大冒険もしたから、彼女の全身にはかぐわしい汗の匂いが馥郁《ふくいく》と染みつきはじめていた。

駿介は、生娘の体臭を貪《むさぼ》りながら、徐々に柔肌《やわはだ》を舐め下りていった。

中央へ戻ると、さすがに腹も引き締まっていた。愛らしい臍《へそ》を舐め、滑らかな張りを持つ下腹を舐め、さらに腰から太腿へと舌でたどっていった。

本当は、早く肝心な部分を見たいのだが、せっかく一度射精して落ち着いたのだから、この際、心ゆくまで女体の隅々まで観察し、味わい尽くしてから股間へといきたかったのだ。

「ああ……」

鞘香はされるままになり、たまにびくっと肌を震わせて反応した。

むっちりとした太腿から脛へと舐め下りると、どこもすべすべした感触だった。

この脚が、限りない跳躍力を秘めているのだろう。しかし今は、初めての体験に戦《おのの》く生娘でしかなかった。

駿介は足首まで舐め下りると、彼女の脚を摑んで浮かせ、ひんやりした足裏に顔を押し当てた。さすがに大地を踏みしめる足裏は逞《たくま》しく、踵《かかと》も硬い舌触りだった。

形良く揃った指の股に鼻を押しつけると、うっすらと汗と脂に湿って蒸れた匂いが感じられた。

爪先にしゃぶりつき、順々に指の間にヌルッと舌を割り込ませると、

「あん……、くすぐったい……」

鞘香が身を反らせて喘いだ。過酷な訓練を重ねてきても、くすぐったい感覚には弱いようだった。

彼は全ての指の股をしゃぶり、もう片方も味わい尽くした。そして彼女の身体をうつ伏せにさせ、今度は踵からふくらはぎを舐め上げていった。

どこも心地よい感触で、時には思い切り嚙みつきたい衝動にも駆られたが、姫君

の肌に傷を付けるわけにはいかない。

　膝の裏側のひかがみも程よく汗ばみ、そこも舐められるとくすぐったそうに鞘香が尻をくねらせた。

　そのまま太腿を舐め、尻の丸みをたどり、腰骨から背中を舐めていくと、うっすらとした汗の味がした。肩までいき、甘い香りの髪にも顔をうずめ、耳を舐め、うなじから再び背中を舐め下り、たまに脇腹に寄り道してから、やがて彼は尻の谷間に顔を迫らせた。

　両の親指でぐいっと双丘を広げると、行燈の灯りの中、可憐な薄桃色の蕾がひっそりと閉じられているのが見えた。

　鼻を埋め込んでも、残念ながら匂いはない。

　しかし顔中に密着する尻の丸みが何とも柔らかくて心地よかった。舌を這わせると、細かな襞《ひだ》の震えが伝わり、さらに唾液にぬめらせてから舌先を潜り込ませるとぬるっとした滑らかな粘膜に触れた。

「く……」

　鞘香が顔を伏せたまま小さく呻き、差し入れた舌をきゅっと締め付けてきた。

　駿介は夢中になって姫君の肛門を舐め回し、やがて顔を上げた。

いよいよ、肝心な部分を心ゆくまで愛撫するときが来たのだ。

彼女を再び仰向けにさせ、片方の脚をくぐり抜けると、駿介の目の前に、憧れ続けた女体の神秘の部分が晒された。

彼は思わずごくりと生唾を飲み、無垢な陰戸を見つめた。それは、何と美しいものだろう。春本の、誇張されたものよりずっと可憐だった。

股間のぷっくりした丘には、柔らかそうな若草がモヤモヤと茂り、肉づきが良く丸みを帯びた割れ目からは桃色の花びらが僅かにはみ出していた。

白く張りのある内腿に挟まれた狭い空間には、生ぬるく甘ったるい匂いが馥郁と籠もっていた。

そっと指を当て、花びらを左右に開いてみた。

「ああ……」

触れられ、鞘香が小さく声を洩らして内腿を緊張させた。

微かにくちゅっと湿った音がし、中身が丸見えになった。柔肉は驚くほど大量の蜜汁に潤い、生娘の膣口が艶めかしく息づいていた。

灯りにすかして見ると、膣口周辺には細かな花弁状の襞が入り組み、そのすぐ上でぽつんと小さく閉じられているのが尿口だと確認できた。

そして割れ目上部には僅かに包皮の出っ張りがあり、その下から光沢ある小粒のオサネが顔を覗かせていた。まるで桃色の小豆《あずき》が、小さな肌色の頭巾《ずきん》でもかぶっているような感じだ。

やはり男とは全然違う。春画とも違い、まさにひっそりと咲く野の花のように可憐で、それでいて艶めかしいものだった。

駿介は香りに誘われるように、若草の丘に鼻を埋め込んでいった。

柔らかな感触は鼻を覆い、甘ったるい汗の匂いが鼻腔を刺激してきた。彼は顔を動かして鼻をこすりつけ、隅々に籠もる芳香を堪能した。

徐々に下へと移動していくと、次第に汗の匂いよりも、ほのかなゆばりの匂いが濃くなってきた。もちろん胸の奥を揺さぶる芳香である。

舌を伸ばし、陰唇の表面から徐々に内側に差し入れていくと、ぬるっとした感触と、淡い酸味が感じられた。これが淫水の味なのだろう。

駿介は舌先で膣口を探り、くちゅくちゅと掻き回すように襞を舐め、内部にも浅く潜り込ませた。そして柔肉をたどって蜜汁をすすり、ツンと突き立ったオサネまで舐め上げていった。

「アアッ……！」

鞘香が声を上げ、身を弓なりに反らせて硬直した。

内腿はきつく彼の顔を締め付け、ひくひくと悩ましげに下腹が波打った。この小さな突起が、全身を操るほど最も感じる部分なのだろう。それは、春本に描いてあるとおりだった。

「そこ……、もっと……」

鞘香が口走り、身悶えながら股間を突き出すようにしてきた。

駿介も、上唇で包皮を完全に剥き、露出したオサネに吸い付きながら、舌先で弾くように舐め上げ続けた。蜜汁の量は格段に増し、鞘香の腰がびくっと断続的に跳ね上がった。

「い、入れて……」

やがて鞘香が言い、駿介もいよいよだという覚悟を決めて顔を上げた。

もちろん一物は、すっかり回復して暴発寸前にまで高まっていた。

身を起こし、股間を押し進めてゆくと、鞘香も覚悟を決め大股開きになって待機していた。

期待に打ち震え、急角度にそそり立った肉棒に指を添え、先端を陰戸の穴にあてがった。そのまま、ゆっくり挿し入れていくと、張りつめた亀頭が穴を丸く押し広げてぬるりと潜り込んだ。

ぬめりが充分なので、あとは滑らかにヌルヌルッと根元まで吸い込まれてゆき、肉襞の摩擦が何とも心地よく彼自身を包み込んでいった。

「あう……！」

鞘香が眉をひそめて呻き、支えを求めるように両手を伸ばしてきた。

駿介は抜けないよう股間を押しつけながら両脚を伸ばし、鞘香に身を重ねていった。彼女は下から激しくしがみつき、熱く濡れた膣内をきゅっときつく締め付けてきた。

中は燃えるように熱く、締め付けもきつかった。そして奥からは、鞘香の若々しい躍動が一物の先端に伝わってきた。

駿介は肌を密着させたまま、しばし温《ぬく》もりと感触を嚙みしめた。

姫君の上に乗っていて良いものだろうかと思ったが、彼女は両手を回して離さなかった。

「突いて。乱暴にしても構わぬ……」

鞘香が熱く囁き、下から股間を突き上げてきた。

それに合わせ、駿介も徐々に腰を突き動かしはじめて高まっていった。

濡れた肉襞の摩擦は、何ともいえない最高の快楽をもたらしてくれた。

駿介は鞘香の肩に手を回し、白い首筋に顔を埋めながら次第に勢いをつけていった。律動するたび、くちゅくちゅと淫らに湿った音が響いた。

高まりながら、そっと鞘香の心根を覗いたが、今は破瓜《はか》の痛みが全てのようだ。

もちろん淫法修行もしてきただろうから、最初が痛みを伴うことぐらい承知しているだろう。そして痛みばかりではない何かも感じ取っているようで、それは単なる生娘とはわけが違っていた。

「ああ……!」

急激に高まり、彼は喘ぎながらいつしか股間をぶつけるように動いてしまった。

同時に、激しい快感の嵐が駿介の全身を巻き込んでいった。口に出したときは畏れ多さが先に立ったが、今こうして一体となっての絶頂は、やはり何にも代え難い大きな快感だった。

駿介は身悶えながら、ありったけの精汁を姫君の柔肉の奥へほとばしらせた。

すると、鞘香も身を反らせて喘いだのだ。

「アア……、き、気持ちいい……!」

彼女はキュッキュッと膣内を収縮させて口走り、駿介の背に回した両手に力を込めた。

どうやら鞘香は、昇り詰めている彼の快感を察知し、それを自分のものにしながら気を遣ったのだった。なるほど、これは心の感応が出来る者ならではの快感であろう。彼女はこれを繰り返しながら、いつしか本当の自分の快楽に目覚める時を待てば良いのだ。

やがて最後の一滴まで心おきなく出し尽くした駿介は、ようやく満足して動きを弱め、鞘香の温もりと甘酸っぱい息の匂いを間近に感じながら、うっとりと快感の余韻に浸り込むのだった。

「良かった……、でも、短い……」

鞘香が、はあはあ息を弾ませながら呟いた。自分がオサネをいじって迎える絶頂とは、全く違うことを自覚したようだった。

とにかく、済んだ以上長く姫君にのしかかっているわけにいかない。駿介はそろそろと身を起こし、股間を引き離した。そして懐紙を取り、生娘でなくなったばかりの陰戸を覗き込んだ。

大量の淫水と逆流する精汁、それに混じり、うっすらと血の糸が走っていた。

駿介はそっと拭い、自分の一物も手早く拭き清めてから添い寝した。

「まだ、何かが入っているみたい……」

鞘香が呟く。彼の絶頂が済めば、また彼女は本来の痛みに包まれたのだろう。

駿介は掻巻を掛け、いつまでも鞘香と肌をくっつけながら、初体験の感激に浸っていた。

そしていつしか、鞘香がそっと抜け出したことも気づかぬほど、不覚にも深く眠り込んでしまったのだった。

三

「明日、江戸へ発つことになりました」

翌日、浜屋敷へ美謝が来て言った。傷の方は、もう何ともないようだった。

「そうですか。初めてなので、何やら緊張します」

「賑やかで、面白いところですよ。芝居でも相撲でも、私がご案内しましょう」

美謝が言い、駿介も明日からの江戸行きの仕度をした。といっても身一つで、荷は僅かな着替えだけである。

あれから鞘香は真夜中に城へと戻り、何事もなく身代りと元通り入れ替わったのだろう。

鞘香の江戸行きは当然ながら乗り物で、家臣たちの行列でいくから、気楽な三人旅というわけにはいかない。宿泊する本陣宿も、城内以上に警護も厳しいだろうから、そうそう鞘香も勝手な行動は出来ないだろう。

まあ江戸屋敷へ赴けば、やがて鞘香も自由に振る舞えるだろうから、またの逢瀬まで駿介も少し我慢しようと思った。

やがて日が傾く前に駿介はいったん浜屋敷を出て、着替えなどを取りに足軽長屋へ戻った。そして今度は長の不在になるので両隣に言い置き、それから再び浜屋敷へと帰ってきた。

鞘香は、今日は城下にある大店《おおだな》の主人などと相まみえ、多くの土産物を貰って何かと忙しかったらしい。まして明朝早くに江戸に出立だから、今夜は城を抜け出したり出来ないだろう。

「客の相手をする合間に、姫様は私と稽古までしたのですよ」

美謝が言う。木刀と薙刀《なぎなた》で稽古したようだが、もちろん藩内随一の手練《てだ》れである美謝も、さすがに鞘香には敵わないようだった。

「傷には障りませんでしたか」

「ええ、だいぶ手加減して頂きました。あんなに強く美しい姫君は、この世で鞘香様だけでしょう」

美謝は、我がことのように誇らしげに言った。

鞘香の母親、かがりも大変な美女で、しかも手練れだったようだが、彼女は単なる側室だった。しかし鞘香は、喜多岡家の血を引いているのである。

やがて二人は夕餉を済ませた。

そして駿介が入浴を終えて二階の部屋に行くと、美謝は自分の部屋に敷かれた布団を、駿介の部屋まで運んでしまっていた。

「い、一緒に寝ていただけるのですか……」

期待していたとはいえ、いざそのときになると、駿介の胸の中で大太鼓が一つ鳴った。

「ええ、どうせ二階には誰も来ませんでしょう。お嫌でなければ、山小屋で出来なかったことを」

美謝が部屋に大小を置き、野袴を脱ぎ去って着流しになって言った。もう大切な役目の途中ではないので、遠慮なく駿介に熱い淫気を向けてきたようだ。

「い、嫌であるはずありません……」

「では、急いで湯殿に行って参りますので、お待ちを」

美謝は言い、すぐにも部屋を出てゆこうとした。

「ま、待ってください……」

駿介は、慌てて追いすがった。

「なにか」

「わ、私は何も知らない無垢ですので、何もかも知りたいのです」

駿介は言った。もちろん美謝も、昨夜鞘香が城を抜け出したことなど夢にも知らないから、彼のことは無垢と確信しているだろう。

「ええ、ですから、何もかも教えて差し上げます」

「ならば、女の身体の、自然なままの匂いも教えてくださいませ。どうか、湯殿へ行くのは後回しに」

「え……？」

言うと、美謝はびくりと身じろいだ。

「し、しかし、私は今日激しい稽古をして汗をかいているし、それに昨日も典医の治療の前に、軽く身体を拭いただけなのです……」

気丈そうに凛然とした顔立ちが、急に羞恥に覆われていくようだった。

「それならば、なおさら、どのようなものか知りたいですので……」

駿介は言いながら、すっかり小娘のように尻込みする美謝を布団まで引き戻してしまった。

「お、女でも、常に身綺麗とは限らないのですよ……」

「それでもいいです。どうかこのままで」

駿介は執拗に言って、とうとう美謝の帯を解いてしまった。彼の方は湯上がりだから、寝巻き一枚だけの姿である。

「分かりました。そこまで言うなら自分で」

美謝も覚悟を決め、自分で帯を解いて着物を脱ぎはじめてくれた。もちろん行燈は点けっぱなしである。

やがて彼女は全裸になって仰向けになり、駿介も手早く脱いで一糸まとわぬ姿になった。

「さあ、ではお好きなようになさい……」

美謝が身を投げ出して言った。実に均整の取れた、素晴らしい肉体である。

山小屋の囲炉裏の火と違い、今はもっと全体がはっきり見えていた。

形良い胸は、さすがに緊張と羞恥に熱く息づき、谷間がほんのり汗ばんでいるのが分かった。

脚はすらりと長く、山小屋ではよく見えなかった股間も、ふんわりとして柔らかそうな恥毛が煙っていた。

駿介は、まず彼女の足先へと移動して顔を寄せていった。

さすがに彼も興奮に胸が弾んでいるが、何しろ鞘香に対するほどの畏れ多さはない。それに鞘香の肉体で女を知ったということも、大いなる自信に繋がっているのだろう。

さして気後れせず、彼は好きなように行動できそうだった。

家臣としては美謝の方が格上だが、今は同じ役目を仰せつかっているので同輩に等しい。そして何より、強い美謝が今は羞恥に身を硬くしているのが、何より彼の気持ちを楽にさせてくれた。

駿介は美謝の足裏に顔を押し当て、舌を這わせながら縮こまった指の間に鼻を押しつけて嗅いでみた。

「あ……、い、いくら好きにといっても、そのようなところから……」

美謝は、驚いたように声を震わせて身をくねらせた。てっきり彼が、山小屋で果たせなかった口吸いから行なうとでも思っていたのだろう。

指の股はじっとりと汗と脂に湿り、鞘香とは比べものにならないほど濃い芳香を籠もらせていた。

もちろん美女の発する匂いだから、駿介は興奮しこそすれ、少しも嫌とは思わなかった。蒸れた匂いを楽しみながら足裏を舐め、爪先にもしゃぶりついた。

「あう……」

指の間に舌を割り込ませ、順々に味わうと美謝が呻き、彼の口の中で指先を震わせた。彼は桜色の爪を嚙み、全ての指の股をしゃぶり、もう片方の足も味と匂いが消え去るまで存分に賞味した。

そしていよいよ、彼は腹這いになりながら脚の内側を舐め上げ、美女の股間に顔を迫らせていった。

四

「アア……、そ、そんなに、見ないで……」

駿介の熱い視線と息を陰戸に感じ、美謝が腰をくねらせて言った。

彼は鼻先に迫る神秘の部分に心を奪われていた。やはり鞘香よりも成熟した感じがする。

黒々と艶《つや》のある茂みが情熱的に密集し、割れ目からはみ出す花弁も濃く色づいていた。中の柔肉が僅かに覗き、そこは充分すぎるほどぬめぬめと潤っているのが見えていた。

指を当てて陰唇を開くと、細かな襞の入り組む膣口が艶めかしく収縮し、大きめのオサネも包皮を押し上げるようにツンと突き立っていた。よく見ると、それは男の亀頭の形に似ている。

堪らずに、駿介は美謝の中心部に顔を埋め込んでいった。

「あぁッ……！」

美謝がびくっと顔をのけぞらせて喘ぎ、内腿で激しく駿介の両頬を挟み付けてきた。彼は柔らかな茂みに鼻を押しつけ、隅々に籠もる匂いを嗅いだ。やはり甘ったるい汗の匂いが大部分で、それにほんのりゆばりの匂いが混じっていたが、もちろん鞘香とは微妙に違う感じだ。

駿介は、濃くて悩ましい体臭で鼻腔を刺激されながら、熟《う》れた割れ目に舌を差し入れていった。とろりとした生温かな蜜汁が舌を濡らし、やはり淡い酸味とともに愛撫を滑らかにした。

膣口を探り、柔肉を舐め回しながらオサネまでたどっていくと、

「く……！」

美謝が奥歯を噛みしめて呻き、顔をのけぞらせた。駿介は舌先でちろちろとオサネを舐め、新たに溢れる蜜汁をすすった。そして彼女の両脚を浮かせ、白く丸い尻の谷間にも鼻を埋め込んでいった。

可憐な薄桃色の蕾に鼻を埋めると、顔全体に双丘がひんやりと密着してきた。

蕾には、鞘香からは感じられなかった、秘めやかな微香が籠もっていた。駿介は美女の恥ずかしい匂いを何度も嗅ぎ、舌先で蕾を舐め回し、内部にも押し込んでいった。

「ああ……、駄目、汚いから……」

美謝はか細く息を震わせ、子供の悪戯《いたずら》でもたしなめるように言った。

駿介は腰を抱え込みながら執拗に内部の粘膜を舐め、舌を出し入れさせるように動かした。

すると鼻先にある割れ目からは、いつしか白っぽく濁った蜜汁が滲み出てきた。

彼は脚を下ろし、肛門から舌を引き抜きながら、滴る粘液をすすり、再びオサネに吸い付いていった。そして指を膣口に押し込み、濡れた内壁を探った。これは鞘

香には出来なかったことだ。

「アア……、駄目、いってしまう……、ああーッ……！」

たちまち美謝は声を上ずらせて口走り、がくがくと狂おしい痙攣を開始した。どうやら指と舌の刺激だけで、気を遣ってしまったようだった。

「も、もう堪忍……」

やがて美謝は腰をよじり、それ以上の刺激を拒んで言った。

駿介も舌を引っ込め、ぬるっと指を引き抜いて股間から身を離した。大量の蜜汁が指を濡らし、まるで湯上がりのように指の腹がふやけてシワになっていた。

彼は美謝に添い寝し、花粉のように濃く甘い吐息を嗅ぎながら胸に顔を埋めていった。

これは、山小屋で腕枕してもらったときと同じ体勢である。

彼女もしっかりと彼を抱きすくめ、荒い呼吸を繰り返しながら、硬直した肌を何度かびくっと震わせていた。

駿介は、鼻先にある薄桃色の乳首に吸い付き、もう片方の膨らみにも手のひらを這わせていった。山小屋では何もかも禁じられてしまったが、今なら何でも遠慮なく出来た。

膨らみに顔を押しつけ、舌先でちろちろと乳首を転がすと、胸元や腋から甘ったるい汗の匂いが漂ってきた。

彼は左右の乳首を交互に含んで吸い、さらに柔らかな腋毛の煙る腋の下にも顔を埋め込み、胸の奥が切なくなるほど濃厚な体臭で鼻腔を満たした。

やはり鞘香と荒稽古をしてきたというだけあり、その女の匂いは彼を蕩かすほどに悩ましく胸の奥を掻き回してきた。

「ああ……、初めてのくせに、なんていけない子なの……」

美謝が、ようやく息を吹き返してきたように囁いた。

そして今度は自分が愛撫する番だというふうに上になってゆき、ぴったりと唇を重ねてきた。

駿介も受け身になり、仰向けになりながら美謝に全てを任せることにした。

美謝の唇は柔らかく、熱く甘い息吹《いぶき》に鼻の奥までが湿ってきそうだった。

ぬるっと舌が潜り込んでくると、駿介も前歯を開いて受け入れ、舌を触れ合わせた。滑らかな感触と、とろりとした生温かな唾液のぬめりが感じられ、彼はうっとりと酔いしれた。

美謝は貪るように彼の口の中を隅々まで舐め回し、清らかな唾液を注ぎながら、さらに彼の上下の唇を嚙み、鼻の穴を舐め、頰にも軽く歯を当ててモグモグと愛撫してくれた。

「ああ……、気持ちいい……」

駿介は、この美しい女武芸者に少しずつ食べられていくような快感に喘いだ。

美謝は彼の耳の穴まで舐め、首筋を舐め下りて乳首に吸い付いてきた。そこにも彼女は歯を立て、両方とも濃厚に愛撫してから真下へ下りていった。

肌を熱い息がくすぐり、まるで蛞蝓が這った痕のように舌のぬめりが縦横に印された。

やがて美謝が彼を大股開きにさせ、その間に腹這いながら熱い息を股間に籠もらせてきた。やんわりと幹に指を添え、張りつめた亀頭に舌を這わせはじめる。

「く……」

駿介は暴発を堪えて呻き、美謝の愛撫に肌を強ばらせた。

彼女は、最初は触れるか触れないかという微妙な舐め方で先端を愛撫し、鈴口から滲む粘液を舌先で拭ってくれた。

そして突つくように幹を舐め下り、ふぐりにもしゃぶりついた。二つの睾丸を転がし、吸い付いてから脚を浮かせ、肛門にもヌルッと舌先を押し込んできた。

「あぁッ……！」

駿介は顔をのけぞらせて喘ぎ、武家でもこのような愛撫をすることを、身を持って知ったのだった。

まるで肛門から熱い息でも吹き込まれるような快感の中、美謝は充分に舌を蠢かせてから引き抜き、脚を下ろしながら再び一物を舐め上げてきた。そして喉の奥まで深々と呑み込み、激しく吸い付きながら舌をからめた。

「う……」

たちまち肉棒全体は美女の唾液に温かくまみれ、駿介は暴発を堪えて必死に奥歯を嚙みしめていた。

熱い息が恥毛をそよがせ、美謝は顔全体を上下させ、すぽすぽと濡れた口で強烈な摩擦を繰り返した。しかし彼が限界に達する前に口を引き離し、すぐにも身を起こして跨ってきた。

「いい？　なるべく我慢して……」

美謝は言って幹に指を添え、先端を陰戸に押し当てながらゆっくりと腰を沈み込ませてきた。

屹立《きつりつ》した肉棒は、たちまち熱く濡れた美女の柔肉の奥へ、ぬるぬるっと滑らかに呑み込まれてゆき、美謝は完全に座り込んで股間を密着させてきた。

「アアッ……！　いい、奥まで当たる……」

美謝が顔をのけぞらせ、うっとりと言った。

駿介もきゅっときつく締め付けられ、懸命に暴発を堪えながら茶臼《ちゃうす》（女上位）の感触を噛みしめた。のしかかる本手（正常位）と違い、股間に女の重みを感じるのも良いものだった。

彼女は何度かぐりぐりと股間をこすりつけるように動かしてから、身を重ねてきた。駿介も両手でしがみつき、肌全体を密着させた。

美謝が腰を動かしはじめると、何とも心地よい摩擦が彼を包み込み、駿介も股間を突き上げて動きを大きくさせていった。

「いいわ……、とっても気持ちいいでしょう。これが情交なのよ。でも、もう少し我慢して……」

美謝が姉のように優しく囁き、彼の口や鼻に何度となく唇を押しつけてきてくれた。駿介も激しく高まりながら必死に堪え、果てそうになると動きを止め、また再び律動を開始した。

それでも、美謝の動きは激しく、やがて我慢しきれなくなってきた。

「あぁッ……！　い、いく……！」

すると先に美謝の方が声を上ずらせ、がくんがくんと狂おしい痙攣を起こしはじめた。同時に膣内の収縮も最高潮となり、続いて駿介も大きな絶頂の快楽に呑み込まれていった。

「く……！」

突き上がる快感に呻き、彼はありったけの精汁を勢いよく内部に放った。

「あう……、熱いわ。もっと出して……」

美謝は噴出を感じ取って口走りながら、力の限り股間をこすりつけてきた。

やがて溶けてしまいそうな快感の中、駿介は最後の一滴まで心おきなく出し尽くし、動きを止めていった。

「アア……」

美謝も声を洩らしながら力を抜き、ぐったりと彼に体重を預けてきた。

深々と入ったままの一物が断続的に締め上げられ、余りも悉《ことごと》く絞り出された。

駿介は満足げに四肢《しし》を投げ出し、美謝の温もりと重みを受け止め、甘くかぐわしい吐息を間近に嗅ぎながら、うっとりと快楽の余韻に浸り込むのだった。

やはり、情交とは良いものだと思った。

これで、鞘香とは無垢同士で本手、二度目は美謝と茶臼を体験した。やはり一度すれば気が済むというものではない。すればするほど、次もまたしたくなるのが情交だ。

人はみな脈々と情交を繰り返し、男女とも永遠に淫気を持ち続けるのだということを、駿介は実感したのだった。

五

「さあ、では我々も参りましょうか」

美謝が言い、駿介も頷いて浜屋敷を出立した。

朝、正隆に挨拶をした鞘香は、煌びやかに着飾り、乗り物でいったん浜屋敷へと来た。そして暫時休息のち、江戸へ向けて出発したのである。

乗り物の前後には警護の家臣が三人ずつ並んでいた。陸尺《ろくしゃく》と言われる担ぎ手は、前に二人後ろに二人。さらに交代要員と、別の駕籠には、鞘香の世話をするお付きの女中も乗っていた。

それに駿介と美謝を入れ、全部で二十人ばかりの行列だった。

東海道は良く晴れ、相模灘の風を受けながら一行は進んだ。

江戸までは関所もなく、僅か一泊二日の距離である。大磯、平塚を過ぎ、馬入川を渡ったところで少し遅めの昼餉、さらに茅ヶ崎を過ぎると、藤沢、遊行寺脇にある本陣宿に着いた。

鞘香も、本当は駕籠などでなく外を歩き回りたいのだろうが、そこは姫君としての自覚もあるから神妙に乗っていた。

家臣たちの半分は、すぐにも眠ったようだった。深夜に宿直《とのい》の交代をするためである。他のものは鞘香が入浴を終えると順々に湯を使い、やがて手早く夕餉を済ませていった。

しかし駿介と美謝は、鞘香の御相手ということで別格のため、常に姫君の側に侍《はべ》っていた。

山を下りた格好ではなく、着飾った鞘香を見ると駿介は、本当にこんなに美しい姫君と情交したのだろうかと疑わしく思えるほどだった。

「さあ、明日も早うございますので、今宵はもうお休みくださいませ」

女中に言われ、やがて鞘香は床に就くことになった。

少し話相手をしていた駿介と鞘香も下がり、別室で寝ることにした。

鞘香の部屋は、一方が壁。残る三方を家臣が次の間で寝ずの番をしていた。

まあ、今夜も抜け出すことは無理だろう。まして旅の最中だし、江戸へ行けばいくらでも逢瀬の機会もあるに違いなかった。

さすがに美謝とも別々の部屋で、駿介は冒険も期待もせず寝ることにした。

『美謝の身体は良かったか……』

ふと、心の奥に鞘香の声が響いてきた。

布団に横になりながら、鞘香が音の波で話しかけてきたのだ。

昨夜のことを言っているのだろう。もちろん心根を覗かれる以上、隠し事は出来なかった。

『も、申し訳ありません……』

『咎めはせぬ。私も美謝は好きだ。駿介は、誰を抱こうとも良い。私のことを忘れさえしなければ。むしろ多くの女を知り、技を磨いてくれ』

『は、はい……。承知いたしました……』

それは何とも嬉《うれ》しい言いつけである。

しかし、今宵ばかりは如何《いかん》ともしがたかった。

『駿介。手すさびをいたせ。私もするから、共に昇り詰めよう』

やがて鞘香が言い、心なしか息が弾んできたように思えた。

駿介も思わず掻巻の中で下帯を解き、勃起しはじめた一物を握りしめ、しごきはじめた。

『ああ……、そう、もっと強く……』

鞘香が快感に喘ぎはじめた。そして駿介も、自分の一物への刺激のみならず、おそらく鞘香自身がオサネをいじっているであろう、その快感も伝わってきた。

それは、何という妖しい快楽であろう。

互いに離れた部屋で自慰をしているのに、心が通じ合い、高まりまで感応し合っているのである。

自分にオサネがあるわけではないから、どの部分がどのように感じる、というのは分からないが、確実に鞘香の快感が胸の奥に伝わってくるのだ。そして彼女もまた、駿介の快感を関知しているのだろう。

『い、いきます……、姫様……！』

『駿介、私も……、アアーッ……！』

互いに声を発することなく、たちまち身悶えながら二人は気を遣った。やはり快感が倍だと、昇り詰めるのも早かった。

駿介は懐紙を手にし、その中にどくどくと熱い精汁を放ち、下降線をたどりはじめる快感を惜しんだ。鞘香の方も徐々に静かになり、やがて互いに快感の余韻に浸り込んだ。

駿介は処理を終え、しばし荒い呼吸を繰り返していたが、やがて鞘香も気が済んだようだった。

『おやすみ、駿介……』

『おやすみなさいませ』

二人は心の中で言葉を交わし、やがて鞘香は眠ったようだった。

それにしても、寝ずの番をしている家臣たちには気の毒だが、離れていても快楽が得られるとは、何とも恵まれすぎていた。

間もなく駿介も、明日の江戸を楽しみにしながら眠りに就いた……。

――翌朝は、まだ暗いうちに起き、顔を洗って厠と朝餉を済ませ、一行は日の出とともに藤沢宿を出立した。

戸塚、保土ヶ谷、神奈川を経て、川崎の宿で昼餉、そして品川を過ぎ、日本橋に着いたのが八つ半（午後三時）頃だった。

駿介は、江戸の賑わいに目を見張っていた。多くの店が軒を並べ、その間を通行人や物売りが行き交っている。

武士も町人も、老人も子供も、あらゆる人々がぶつかり合いもせず、右に左に歩いていく様は目が回りそうだった。小田浜の祭の日でも、これほどの人を見ることはないだろう。

日本橋から、小田浜藩の江戸屋敷のある神田小川町まで行き、一行は江戸家老や家臣一同に迎えられ、日が傾く頃ようやく屋敷に入った。

もちろん小田浜の城には比べようはないが、敷地は充分に広かった。そして鞘香にとっては、十六まで住んでいた懐かしい場所である。

すでに湯殿と夕餉の支度も整い、駿介たちも労をねぎらわれた。

駿介の江戸滞在は、鞘香の供以外にも、見聞を広めてくるという役目を言いつかっていた。

そして駿介は、唯一の身内である叔父、篠山佐兵衛《しのやまさへえ》と対面した。叔父といっても駿介の亡父の弟で、篠山家へ養子に入っていた。今は江戸屋敷の学問方を勤め、外に屋敷を持って手習いも開いているのだ。今回、駿介はその屋敷に厄介になることになっていた。

佐兵衛は三十五歳で子はなく、貴絵《きえ》という三十になる妻がいる。

駿介は、佐兵衛とは亡父の法要で会っているが、貴絵は初対面だった。

やがて鞘香を迎える祝宴が終わると、美謝は屋敷内にある侍長屋へ戻り、駿介は佐兵衛に伴って外にある家へと行った。

「狭いが、ここで勘弁してくれ」

佐兵衛は言い、彼を離れの四畳半に通した。

「お世話になります。よろしくお願い致します」

駿介は言い、貴絵にも深々と辞儀をした。貴絵は瓜実顔《うりざねがお》のなかなかの美人。胸も腰も豊満で、剃った眉とお歯黒の歯並びにそそられるものがあった。こうして武家の新造と相まみえるのも久しぶりのことなのだ。

「こちらこそ、何のおかまいもできませんが」

貴絵は物静かに言い、駿介の床を敷き延べて母屋《おもや》へと戻っていった。

さすがに今夜は疲れたので、駿介もすぐ行燈を消して横になった。

江戸最初の夜である。今夜は、まさか鞘香も屋敷を抜け出して来ることもないだろう。

『何をする。駿介が来た晩に求めずとも良かろう……』

『だって、ここのところお屋敷に泊まってばかりではございませぬか……』

母屋から、佐兵衛と貴絵のやり取りが伝わってきた。

どうやら貴絵が情交を求め、佐兵衛が拒んでいるようだ。どうしても、入り婿の佐兵衛の方が尻込みしている様子である。

結局、佐兵衛は拒み通して寝てしまった。駿介は、大変だなあと苦笑し、やがて自分も眠ってしまった。

第三章　美少女の拐かしを探れ

一

「旦那様はお屋敷に入り浸《びた》りですので、駿介どのには手習いを手伝っていただきたいのですが」

朝餉を終え、佐兵衛が屋敷へ行ってしまうと、貴絵が言った。

「はい。承知いたしました」

駿介は答え、貴絵と一緒に横長の机を並べて子供らを迎える準備をした。

この家は離れの他は、母屋に八畳間が二間と、仏間に納戸《なんど》、厨《くりや》と厠《かわや》があるだけだった。

佐兵衛は藩邸で藩士の子弟を教え、貴絵はここで町人の子供たちに読み書きを教えているのだ。手習い本を見てみたが、もちろん藩校よりずっとやさしいので駿介にも充分に務まる。

やがて五つ（午前八時頃）になると、続々と子供たちが集まってきた。七、八歳から十二歳ぐらいまでの男女だ。みな礼儀正しく私語も交わさないのは、貴絵が怖いからかも知れない。そして皆、さすがに初めて見る駿介には好奇の眼差しを向けていた。

全部で十人ほどか。しかし一人だけ、駿介と同じ年格好の少女が混じっていた。名を千穂《ちほ》といい、日本橋の菓子問屋の娘で、どうやら長くここへ通い、今は貴絵の補佐をしているようだった。

「大橋屋の千穂と申します。よろしくお願い致します」

彼女は駿介に辞儀をして言い、駿介も応えながら、愛くるしい江戸娘の美貌に思わず見惚れた。

やがて一刻半（約三時間）ばかり勉強をした。墨を擦り、かな文字から簡単な漢字を書かせ、そして算盤《そろばん》も行なった。貴絵は正面に座って皆を厳しく監視し、もっぱら千穂が各自を回って細かな指導をしていた。

駿介も、なるべく皆を均等に回るようにし、正しい書き順を教えた。

「駿介様。これでよろしいですか」

次第に、あちこちから声がかかった。最初は若侍ということで警戒していた子供たちも、気さくで優しい駿介に懐《なつ》きはじめたようだった。

そして手習いの時間が終わると、千穂が持ってきた飴を一つずつ配り、片付けをして子供たちは帰っていった。

「すっかり駿介様は懐かれましたね」

「あまり、甘やかすのはよろしくありません」

笑顔で言う千穂の言葉に、貴絵が無表情に言った。子供の接し方でも、皆それぞれで面白かった。

「駿介どの。昨今、拐《かど》かしが多いようですので、昼間ですが千穂を送って差し上げてくださいませ」

貴絵が言い、駿介も出かける仕度をした。

「では、少し江戸を歩いて参ります。帰りは藩邸にも寄りますので、夕刻までに戻りますから」

駿介は言い、千穂と一緒に家を出た。大通りに出るまでは、武家屋敷の塀が連なっているだけだから、並んで歩いても構わないだろう。

彼女の心根を覗いてみると、やはり武士と歩く緊張が大部分だった。しかし怖がってはおらず、多くの子供に懐かれていたため、彼女も好意らしきものを抱きはじめているようだった。

町家の娘と親しくするのは初めてだった。まして彼にとっては、初めて見る江戸の娘だ。大店《おおだな》の子らしく、さすがに垢抜け、櫛《くし》も簪《かんざし》もお洒落なものだった。笑窪《えくぼ》が愛らしく、ふんわりと春風に乗って甘い髪の香りがする。

「拐かしというのは？」

「若い娘が、もう三人も掠われて殺されました。金品の要求はなく、ただ河原に死骸が転がされているだけで……」

駿介と歩いて浮かれがちだった千穂の心が、急に暗くなった。その脳裏には、全裸で転がされ、喉や腹を割かれている娘の死骸が浮かんでいた。細部が曖昧なので実際に千穂が見た光景ではなく、読売《よみうり》などの記事を元にして、彼女が想像したものだろう。

「なるほど、試し斬りに娘を使っているのだろうか」

「分かりませんが……」

駿介の言葉に、千穂が恐々と答えた。

全裸というからには、やはり犯しているのだろう。犯しながら、あるいは犯してから斬るというのは、どちらにしろ変質的な振る舞いである。

小田浜でそのような事件が起これば、翌日にも下手人は見つかるだろう。そもそも、そんな愚かな行為をするものはいない。

やはり人の多い江戸は、そうした痴《し》れ者も人々の片隅に隠れ、息を潜めているのだろうか。

やがて大通りに出たので、千穂は後ろから彼に道を教えながら、少し離れた。

なるほど、賑やかである。鞘がぶつからないよう左端を歩いたが、それでも左側の店からいきなり人が出てくることもあった。

「あの、そこの左の角です。うちは」

後ろから千穂が言う。

確かに、大橋屋という看板が掛かり、大きな菓子屋があった。

「そうか。ではここで」

「あの、少しでしたらご案内できますが。集金に回るところがございますので、よろしければご一緒に」

別れようとすると、千穂が言った。

「それは助かる。一人では、どう歩いて良いかも分からないのだ」

駿介が言うと、千穂が笑顔で頷き、すぐ中に入っていった。少し待つうちに、彼女はまた出てきて、再び駿介と一緒に歩きはじめた。

人が多いので、逆に並んで歩くことも出来るようになった。どちらにしろ誰が一緒に歩いているかなど、分からないほどの人出である。

途中、千穂は何度か彼を待たせて料亭や旅籠に集金していた。みな大橋屋の菓子を納めている店なのだろう。

話すと、千穂には五つ上の兄がおり、すでに店を切り盛りして、間もなく嫁を迎えるのだという。千穂は花嫁修行中ということで、まだ許嫁《いいなずけ》はいないが、店のことにも、それほど関わっていないようだった。

千穂の心根から、武家への距離感が次第になくなり、すっかり彼に親しみを覚えるようになっているようだった。もともと篠山家へ出入りしていたし、佐兵衛も気さくな人柄だから、武家への接し方に慣れているのだろう。

二人は日本橋から神田明神まで歩き、小さな芝居小屋や大道芸などの行なわれている境内《けいだい》に入った。そして茶店に入り、田楽と稲荷寿司で昼餉を済ませた。

（うん……？）

ふと、駿介は奥にいる客たちから邪悪なものを感じ取った。

窺うと、旗本らしい若侍に、どう見ても破落戸《ごろつき》らしい連中が昼間から酒を飲んでいる。

心根までは読めないが、連中は金と欲で繋がり、破落戸たちも嫌々ながら若侍をおだて上げているふうだった。江戸には、良からぬ連中とつるんでいる不良旗本もいるのだろう。

やがて駿介と千穂は茶店を出て、さらに境内を迂回していった。そして彼は、神社の杜《もり》に隠れるようにして建っている家と、小さな看板を見つけた。

「この店は何かな。やけに奥まったところにあり目立たないが」

「あ、これは待合いといって、その、休息するところです」

千穂が、やや頬を染めてもじもじと答えた。

その脳裏に、春本の情交場面が浮かんだ。どうやら兄の持つ春本を、千穂は隠れて見たことがあるようだった。

駿介も待合いの意味を察したが、無垢を装って言った。

「そうか、ならば休息しよう。二人とも歩きづめだったからな」

駿介は、無垢だが好奇心いっぱいの千穂に欲情し、自分からずんずんと待合いに入っていってしまった。

「あ……、お、お待ちを……」

千穂は驚いて言ったが、思わず周囲を見回し、誰も見ていないのを確かめると急いであとから入ってきた。

初老の仲居に通され、奥まった部屋に入ると、三畳間に火鉢と煙草盆、茶の仕度がしてあり、奥の四畳半には床が敷き延べられていた。一つ褥《しとね》に二つ枕、桜紙も置かれて何とも艶かしい雰囲気である。

障子を開けると、外は境内の杜に繋がり、誰も通る者のいない藪だった。

「こ、これは、ひょっとして男女が密会をする場所であったか」

「え、ええ……」

言うと、千穂の緊張も極に達し、ただ力なく座って呆然としていた。

「それは済まぬ。知らぬこととはいえ、嫁入り前の娘をこのような場所に」

「いいえ……、私も初めてですが、このようになっているのですね……」

千穂は、あらためて室内を見回して答えた。

彼女が無垢であることは分かり切っているが、その心根を覗くと、さすがに江戸娘は知識も多く、春本の構図があれこれ浮かんでいるようだった。

そして激しい好奇心から、

(この、駿介様となら、してみても……)

そのような感情すら湧き始めてきたではないか。やはり同い年となると、田舎侍より江戸娘の方が、ずっと大人びているのだろう。

もちろん駿介も激しい淫気に勃起していたから、やがて行動を起こした。

二

「なあ千穂。この際であるから、後学のため女の身体というものを観察させてくれないだろうか」

駿介は、また無垢のふりをして言ってみた。

「そ、それは……、脱いで見せろということでしょうか……」

「ああ、嫌でなければ、どうか」

「嫌でございます……」

千穂は、すぐにもきっぱり返事してきた。

「そ、そうか、ならば良い。済まなかった。忘れてくれ。すぐ出よう」

何も出来ないのならば、ここにいるだけ無駄だし、かえって欲求が溜まって辛くなってしまう。もちろん無理矢理狼藉《ろうぜき》に及ぶようなことだけは、駿介には出来なかった。

「後学のためなどではなく、嘘でも好いていると仰っていただければ、嫌などとは申しませんのに……」

「え……？」

駿介が驚いて言うと、千穂は俯きながらも続けた。

「お嫁に貰ってくれなどとは申しません。駿介様は、これから藩でお偉くなる方でしょうから。でも、最初にお目にかかったときから、なんて様子の良い方だろうと思っておりましたので、ほんの少しでも好いてくださるなら、私は……」

なるほど、女心というのは、同じことをするにも言葉が大切なのだと駿介は思った。そして千穂も、見かけは可憐で控えめなのに、言うべきははっきり言うところが、さすがに江戸娘なのだろう。

「済まなかった。後学などどうでも良いのだ。私も、最初に会ったときから千穂を可愛ゆく思っていたのだ」

言いながらにじり寄ると、千穂は顔を上げ、くすっと小さく笑った。

「うん？」

「駿介様は、謝ってばかり」

「ああ、そうだな」

言われて、駿介も苦笑した。それにしても千穂は、今にも泣きそうになっていたから慌てて宥《なだ》めたのに、今は笑みを含んでいる。緊張もすっかり解け、駿介以上に好奇心を膨らませていた。

少々彼の方がたじたじとなるほどだが、泣かれるよりはずっと気が楽だった。

彼は勢いに任せ、そのまま千穂の肩に両手をかけ、顔を寄せていった。

さすがに千穂は再び恥ずかしげに俯いたが、そっと顎に手をかけて上向かせると、可憐に整った顔が間近に迫った。

簪の飾りが揺れ、生え際に僅かに産毛《うぶげ》が見える。長い睫毛《まつげ》が閉じられて半眼になり、その奥からつぶらな瞳がぼうっと彼を見つめていた。

桜ん坊のように小さくぷっくりした唇が僅かに開き、白く滑らかな歯並びが覗いている。その間からは、何とも可愛らしく甘酸っぱい匂いの息が洩れていた。やはり鞘香とは違い、江戸の果実のような気がした。

かぐわしい匂いに吸い寄せられるように唇を重ねると、

「ンン……」

千穂が小さく鼻を鳴らし、さらに濃厚な果実臭の息を弾ませた。

ぴったりと強く密着させると、口のまわりで乾いた唾液の香りがほんのり漂い、それに甘酸っぱい息が混じった。

『お武家と、最初の口吸いを……』

千穂の想念が流れ込んできた。後悔はなく、大きな感激と興奮に満たされているので、駿介も勇気を持って舌を差し入れていった。

唇の内側の、僅かな湿り気を舐め、滑らかな歯並びを舌先で左右にたどると、千穂の前歯もおずおずと開かれ、さらに濃い芳香が感じられた。

奥に侵入させ、避難している舌を探ると、千穂も次第にぬらぬらとからめるように蠢《うごめ》かしてくれた。

美少女の舌は、嚙み切ってしまいたいほど柔らかで、とろりとした唾液に生温かく濡れていた。駿介は隅々まで舐め回し、千穂の唾液と吐息、無垢な口の感触を心ゆくまで味わった。

長く舌をからめ、ようやく口を離すと、駿介はそのまま彼女の白い首筋に唇を押し当てた。

「ああーッ……！」

すると千穂は声を洩らし、すうっと力が脱けていくように仰向けに倒れ込んでいった。駿介はそれを懸命に抱きかかえながら立ち上がり、布団の方へと移動して彼女を横たえた。

そして彼は脇差を抜いて置き、手早く袴を脱ぎ去ってから、千穂の裾をめくっていった。

足袋を脱がせると、可愛らしい素足が現れ、堪らずに駿介は屈み込んで足裏を舐めた。指の股に鼻を埋めると、やはり濃厚な匂いが馥郁と籠もっていた。

爪先をしゃぶり、指の間にぬるっと舌を割り込ませると、

「あん！　な、何をなさいます……」

千穂は声を上げ、びくっと足を引っ込めるように動かした。朦朧として、何をされているか良く分かっていないようだった。

駿介は、うっすらとしょっぱい味と匂いを堪能し、両足とも舐め尽くしてから脛を舐め上げていった。さらに裾をめくっていくと、白くすべすべした脚がどんどん露わになっていった。

「ま、待ってください……」

急に我に返ったか、千穂が声を震わせて横向きになってしまった。

「どうした。無理ならば止めるが」

駿介は、後戻りできないほどの欲望を抱えながらも、何とか言ってやった。

「いえ……、私だけでは、どうにも恥ずかしくて……」

「そうか、では私も脱ごう」

千穂の言葉に、駿介も答えて先に手早く帯を解き、着物と下帯まで脱ぎ去ってしまった。

すると千穂も半身を起こし、のろのろと帯を解いて着物と襦袢《じゅばん》を脱ぎはじめてくれた。さらに腰巻きを取り去り、一糸まとわぬ姿になった。

「そうだ。こうしてくれ。お前が上になった方が、本当に嫌な時はすぐに止められるからな」

駿介は言って仰向けになり、尻込みする千穂の手を握って引き寄せた。

「ど、どうするのです……」

「私の顔を跨いでくれ」

「そ、そんな……、お武家の顔を跨ぐなんて……」

駿介が、恥ずかしい要求を口にすると、千穂は驚きに目を丸くして身じろいだ。

「武家も町人もないのだ。春画では、そうした形も見たことがあるだろう。どうしても下から見てみたいのだ。さあ」

彼は言って強引に引き寄せ、とうとう彼女の足首を摑んで顔の上を跨がせてしまった。

千穂は片膝を突き、もう片方の膝を立てた状態になった。

「ああッ……、どうか、このようなことは……」

「大丈夫だ。さあ勇気を出して」

駿介は言いながら、さらに彼女の股間の真下に潜り込み、千穂には厠でしゃがみ込む形を取らせた。

顔の左右に白くむっちりとした内腿が広がり、真ん中には無垢な陰戸が迫っていた。何という艶めかしい眺めだろう。どんな美女も、このような形でゆばりを放ち、それを真下から見た光景がこれなのだ。

「アア……、も、もう堪忍……」

千穂は、今にも気を失いそうな羞恥に包まれ、懸命に腰をくねらせていた。

もちろん駿介は下から腰を抱え込んで逃さず、美少女の陰戸を見上げていた。

ぷっくり膨らんだ丘には楚々《そそ》とした若草が茂り、丸みを帯びた割れ目からは桃色の花びらがはみ出していた。それも僅かに開いて奥の柔肉が見え、全体には生ぬるい汗とゆばりの匂いが籠もっていた。

そっと指を当てて陰唇を開くと、生娘の膣口が息づき、その周囲では花弁状の襞が震えていた。ぽつんとした尿口もはっきり見え、包皮の下からは光沢あるオサネも覗いていた。

そして柔肉は、ぬめぬめとした大量の蜜汁に潤い、心根を覗くまでもなく、彼女は羞恥以上に興奮を覚えているのだった。

「そ、そんなに、見ないでください……」

千穂が熱い視線と吐息を真下から感じて言い、両手で顔を覆いながら、とうとうしゃがんでいられず彼の顔の左右に両膝をついた。

駿介は堪らず、柔らかな若草の丘に鼻を押しつけていった。

何とも可愛らしく甘ったるい汗の匂いと、刺激的なゆばりの成分が鼻腔に満ち、舌を這わせると淡い酸味と供に、とろりとした蜜汁が流れ込んできた。

「ああン……、い、いけません、そんなこと……」

舐められていると悟り、千穂が顔を覆いながらか細く言った。

駿介は膣口を舐め、オサネにも優しく吸い付いていった。

「アアッ……！」

千穂はびくっと下腹を波打たせ、思わずぎゅっと彼の顔に座り込んできた。

駿介はさらに潜り込み、白い尻の谷間にも鼻を埋め込んだ。

可憐な薄桃色の肛門には、秘めやかな微香が籠もり、その刺激が鼻腔から一物に伝わっていった。

彼は細かな襞を舐め、充分に濡らしてから蕾の中にも舌先を潜り込ませた。

三

「あう……、駄目、汚いです……」

千穂が、可愛い尻をくねくねさせて呻いた。

駿介は充分に美少女の肛門内部を舐め、滑らかな粘膜を味わい尽くしてから舌を抜き、再びオサネを舐め回しはじめた。

「あ……、ああッ……、も、もう……！」

あとは言葉にならず、千穂は彼の顔の上で突っ伏し、亀の子のように四肢を縮めた。ようやく駿介は下から這い出し、彼女を仰向けにさせて、あらためて股間に顔を埋め込んだ。

柔らかな若草に鼻をこすりつけ、悩ましい匂いを胸いっぱいに吸い込み、溢れる蜜をすすりながら柔肉とオサネを舐め回した。

仰向けのまま千穂は両手で顔を覆い、懸命に喘ぎを抑えていたが、すでに下半身は絶頂の痙攣を起こしはじめていた。

駿介は頃合いと見て、彼女が本当にオサネへの刺激で気を遣る前に身を起こしていった。そして股間を押し進め、先端を濡れた陰戸に押し当てながら、ゆっくりと貫いた。

「あう……！」

張りつめた亀頭で、生娘の膣口を丸く押し広げながらヌルヌルッと根元まで挿入すると、千穂が眉をひそめて呻いた。

駿介は股間を密着させ、両脚を伸ばして身を重ねていった。肩に腕を回してしっかりと抱きすくめ、生娘の温もりと感触を噛みしめた。

さすがにきついが、潤いは充分だった。屈み込んで桜色の乳首を含み、舌で転がしたが、千穂は股間の痛みに全てを奪われているようだ。

左右の乳首を舐め、腋の下にも顔を埋め込むと、甘ったるい美少女の体臭が鼻腔を刺激してきた。鞘香の匂いに似ているが、やはり大店のお嬢様らしく控えめである。和毛も淡く柔らかで、こすりつける鼻に心地よかった。

そして首筋を舐め上げ、ぷっくりした唇を舐め、湿り気ある甘酸っぱい吐息を嗅ぐと堪らず、彼は小刻みに腰を突き動かしはじめてしまった。

「あう……、い、痛い……」

千穂が顔をしかめて声を絞り出した。

「大丈夫か……」

「いいえ……、どうか、堪忍……」

千穂が哀願するように言う。

駿介は律動を止め、名残惜しげに温もりと締め付けを味わってから、ゆっくりと引き抜いていった。身を起こして彼女の股間を覗き込むと、陰唇が痛々しくめくれて、僅かに出血していた。

舐めてやったが、もうオサネへの刺激も感じないほど、まだ異物感と痛みが残っているようだった。

仕方なく添い寝し、腕枕してやると、ようやく千穂もほっとしたように呼吸を整えた。駿介は彼女の手を握り、蜜汁に湿った一物へと導いた。

千穂も、指を蠢かせて探り、やんわりと握ってくれた。

「太くて固いわ……。裂けるかと思いました……」

彼女が小さく言い、次第に好奇心が頭をもたげはじめたように、にぎにぎと動かしてきた。さらにふぐりまで探り、とうとう見ずにはいられなくなったように、彼の腹を枕に、徐々に一物へと顔を寄せていった。

「おかしな形……」

千穂は呟きながら亀頭と雁首に触れ、無邪気な視線を這わせながら、粘液の滲む鈴口を指の腹でそっとこすった。

さらに駿介が彼女の頭を股間へ押しやると、熱い息が恥毛をくすぐった。

そして千穂は、そっと先端に唇を押しつけ、ぬらりと鈴口を舐めてくれた。

「ああ……、気持ちいいよ……」

駿介がうっとりと言うと、千穂も愛撫を繰り返しはじめてくれた。亀頭を舐め回し、そっと含んで吸い、さらにふぐりにも舌を這わせはじめた。

肉棒とふぐりが美少女の温かく清らかな唾液にまみれ、二つの睾丸が舌で転がされた。

湿り気ある息が股間に籠もり、駿介が快感に幹を震わせると、再び千穂がぱくっと先端を口に捕らえてくれた。

今度は小さな口いっぱいに頬張り、深々と呑み込んできた。

美少女の口腔は温かく、内部で滑らかに蠢く舌が実に心地よかった。たまに軽く歯が当たってしまうのも、愛撫が未熟だから仕方なく、それがかえって刺激的で、いかにも口に含まれているという実感が湧いた。

肉棒全体は唾液に浸り、駿介は高まりながら彼女の下半身を引き寄せた。

「ンン……」

千穂は羞じらいに呻きながらも、引っ張られるまま彼の顔に跨り、女上位の二つ巴の体勢になってくれた。駿介は濡れた陰戸に舌を這わせ、新たな蜜汁をすすりながらオサネを舐めた。

「ああッ……！」

千穂がすぽんと口を離して喘いだ。もう挿入された異物感は薄れ、本来の快感が甦ってきたようだ。

駿介は充分に濡れている膣口に、人差し指をそっと挿し入れてみた。一物よりはずっと楽なようで、彼女も痛がる素振りはしなかった。そして彼が膣内の天井をそっと指の腹で圧迫すると、

「アア……、いけません。なんだか厠へ行きたく……」

千穂がくねくねと尻を動かし、可憐な桃色の肛門を収縮させながら言った。

「ゆばりなら、構わないからこのままてくれ」

「そ、そんな……、お顔にかかります……」

「美しい千穂のものなら大丈夫だ」

駿介は、千穂が急に尿意を催したことに激しく興奮し、さらに膣内を圧迫し続けた。そして股間を突き上げて促すと、千穂も思い出したように再び亀頭を含んでくれた。

彼が圧迫を強め、尿口のある柔肉を強く吸うと、

「ク……、ンンッ……！」

千穂は呻いて尻をくねらせながら、とうとう温かな水流をちょろりと漏らしてしまった。駿介は指を引き抜き、割れ目に口を付けて吸い続けた。

控えめな流れが勢いをつけ、それを駿介は夢中で飲み込んだ。美少女の出したものは味も匂いも淡く、何とも抵抗なく飲めるものだった。

千穂はあまりのことに朦朧となり、それでも一物を強く吸った。駿介が小刻みに股間を突き上げると、彼女も顔を上下させ、唾液に濡れた口で滑らかに摩擦運動を

開始してくれた。

「う……！」

駿介は飲み込みながら呻き、激しい絶頂の快感に全身を貫かれた。そしてありったけの熱い精汁を、清らかな美少女の口にほとばしらせながら、彼女のゆばりを一滴余さず飲み込んでしまった。

「ク……」

喉を直撃されながら、千穂も呻いて飲み込み、さらに吸い付いてくれた。何やら射出するのではなく、彼女に吸い出されている感じで快感が倍加した。

ゆばりは治まり、駿介も最後の一滴まで出し尽くしながら、割れ目内部に溜まった余りをすすった。

「ああッ……！」

千穂は全て飲み干してから口を離して喘ぎ、なおも白濁した粘液の滲む鈴口を夢中で舐め回してくれた。割れ目もゆばりの味と匂いが消え去り、新たな蜜汁による淡い酸味が満ちてきた。

続いて千穂も、ひくひくと肌を痙攣させながら気を遣ったようだった。

互いに出したものを飲み合いながら絶頂に達するとは、何という快感であろう。

なおもオサネを舐め回すと、

「も、もう堪忍……！」

それ以上の刺激を恐れるように千穂が言うと、びくっと股間を引き離してしまった。駿介は彼女を抱き寄せ、再び添い寝した。

そして飲み合った口を重ね、彼は美少女の甘酸っぱい吐息を心ゆくまで嗅ぎながら、うっとりと快感の余韻に浸り込んだ。

「私、とんでもないことを……」

千穂が口を離し、がたがた震えながら言った。

「いや、嬉しかった」

「だって、汚いです……」

「可愛い千穂のものなら汚くはない。それに、指なら痛くはなかったろう」

「ええ……、出しながら、宙に舞うような良い心地に……」

千穂が羞じらいながら答え、まだ震えが治まらないようだった。

この分なら、次からはちゃんと挿入し律動しても大丈夫だろう。

やがて二人で充分に呼吸を整えてから身を起こし、互いに身繕いをした。

身支度を整えると、千穂も徐々に平静に戻ってきたようだ。

「一緒に出ると、誰に見られるかも分かりませんから、先に私が」

「ああ、分かった。では私は十数えてから外に出よう」

千穂の言葉に駿介は答え、やがて先に彼女が待合いを出ていった。そして彼は支払いを済ませ、十数えてから外へ出た。

しかし、千穂の姿はどこにも見えなかったのである。

四

「千穂……！　どこへ行ったのだ……」

待合いの前には誰も通行人がおらず、駿介は声をかけて周囲を探し回った。

（まさか、拐かしに……？　そんな莫迦な、僅かの間に……！）

彼が焦りながら思ったとき、心の奥に鞘香の声が響いてきた。

『どうした、駿介！　今どこにいる』

どうやら駿介の激しい動揺を、鞘香が感知してくれたようだった。

『確か、神田明神というところの裏です。連れの娘が拐かされたようです。姫様はどこに？』

『美謝と一緒に外にいる。すぐそちらへ向かう』

鞘香が言い、駿介もあたりを探し回りながら二人の到着を待った。鞘香の音の波の様子からして、それほど遠くはないようだった。

探すにも、道のどちらへ行って良いものか分からず駿介が途方に暮れていると、

「駿介どの！」

美謝が声をかけてきた。姫君の姿の鞘香も一緒である。二人も、藩邸から近いので、賑わう神田明神に向かっていたところだったのだろう。

駿介が駆け寄ると、鞘香が彼の袖を摑み、藪の方へと誘った。

『その娘と交わったのだな。良い。匂いを覚える』

鞘香が心の中で言い、駿介の指を嗅ぎ、さらに彼の鼻や口に顔を寄せて、千穂の匂いを記憶に刻みつけたようだ。この天才的な素破は、その匂いで去った方を追おうというのだろう。

美謝は、鞘香が何をしているかも分からず目を丸くして見ていた。

「こっちだ！」

鞘香は言うなり跳躍し、駿介の手には絢爛たる着物と帯が残った。

鞘香は髪まで解きながら藪の中を走り抜け、たちまち姿が見えなくなった。おそ

らく通行人から見えぬよう、あちこちの武家屋敷の庭を横切り、塀の内側を走っているのだろう。

「さあ、我々も急ぎましょう」

駿介は鞘香の着物を丸めて持ち、美謝を促して走り出した。

「何事です。娘が拐かされたと言うけれど、なぜ駿介どのと鞘香様は分かっているのです」

走りながら、美謝が訊いてきた。

「私と姫様は、危機に際すと心の中で話せるのです」

多くは語らずに答え、とにかく駿介は走った。鞘香からも、『その辻を右に！』とか、『海鼠塀《なまこべい》を左に』などと間断なく指示があった。

周囲は武家屋敷の塀の並ぶ閑静な場所になり、通行人もいなかった。

そして最後の角を曲がると、折しも一軒の屋敷の門前に駕籠が入ろうとしているところを、鞘香が阻止していた。

「何をしやがる、この女！」

「駕籠の中をあらためる」

駕籠を担いでいた二人の破落戸に鞘香が怒鳴り、当て身を食らわせて強引に駕籠を開けた。そして中からいち早く、猿轡をされて縛られた千穂を鞘香が引っ張り出していた。

そこへ駿介と美謝が駆け寄っていったから、

「エエイ、不手際をしおって！」

一人の武士が門から出て怒鳴り、脾腹《ひばら》に当て身を食って呻いている破落戸たちと駕籠をそそくさと邸内に入れ、門を閉ざしてしまった。

美謝が駆け寄って門を叩いたが、もうびくともしない。その間に鞘香が千穂の猿轡と縛《いまし》めを解いていた。

駿介は、今の武士の顔が、さっき茶店で見た旗本ふうの男だったと確信した。

表札を見ると、『細田』とある。

『駿介、中に入って引っ張り出そうか』

『いや、今日のところは帰ろう』

鞘香の問いに、駿介は着物と帯を返しながら答えた。

「大丈夫か、千穂」

駿介は、青ざめている千穂に駆け寄っていった。

「駿介様……。いきなり縛られて、駕籠に乗せられ……」

千穂は今にも座り込みそうになり、べそをかきながら声を震わせて言った。

「ああ、危ないところだった。この屋敷の者が、拐かしの下手人だったのだな」

駿介は言い、とにかく怯えきっている千穂の身体を支えて歩きはじめた。

「とにかく、この家を調べてみます」

美謝も表札の名を記憶して言った。鞘香も手早く着物を着て髪を結い、みるみる元の姫君に戻っていった。

そして四人が千穂を送るため日本橋方面へ歩き出すと、

「待ちやがれ」

正面に、数人の破落戸と武士が出てきて通せんぼした。どうやら裏口から出て迂回してきたのだろう。全部で四人だ。

連中は問答無用に抜刀して斬りかかってきた。幸い誰も通行人がいないから、すぐにもこの場で口封じをしようと思ったのだろう。

しかし、何しろ相手が悪かった。

駿介が千穂を庇って一歩さがると、今度は美謝が前に出て抜き合わせた。

その強いこと。あまりの素早さによく見えなかったが、たちまち二人の破落戸は右手首の要を斬られて長脇差を取り落とした。

「むぐ……！」

「うわッ……！」

破落戸たちは手を押さえてうずくまり、さらに美謝は一人の武士の脾腹に強《したた》かな峰打ち。残る一人の武士は、美謝に切っ先を突きつけられて塀まで後退した。

「細田なにがしが、拐かしの張本人か」

「し、知らぬ……」

武士は声を震わせ、美謝の構えに圧倒されながら答えた。

瞬間、美謝の峰打ちが肩にめり込み、男は塀伝いにずるずると座り込んで悶絶した。さらに美謝は四人の髷をすっぱりと切ってから、くるりと刀を一回転させ、逆手で素早く納刀した。

千穂は、助けられてほっとした途端の活劇だから、さらに震え上がってしまったが、それを宥めながら蹲《うずくま》る連中の脇を通過した。

それにしても、男の自分が何もしなくても、鞘香と美謝がいれば天下無敵ではないか。

やがて鞘香と美謝を待たせ、駿介は千穂を大橋屋へと送り届けた。千穂も、今日はあまりに多くのことがあった日だったろう。そして歩いているうち、ようやく自分を取り戻し、家人に妙に思われる素振りも出さずに済みそうだった。

そのまま駿介は、二人とともに藩邸へと立ち寄った。

「あれは、どういう娘ですか」

美謝が言う。侍長屋にある、彼女の住居である。

鞘香は、すぐにも奥向き（屋敷内にある、女ばかりの奥まった住まい）へと引っ込み、やがて多くのお付きの者に世話をされて湯殿を使うだろう。誰も、鞘香が外で大活躍をしたことなど夢にも思っていない。

「私が世話になっている叔父叔母の家で、手習いの手伝いをしている娘です」

「左様ですか。確かに、町娘が拐かされて殺される出来事が多いようです。犯されたうえ試し斬りにされた様子が、読売にも書かれておりました」

美謝は言いながら、刀架に大小を置き、いきなり床を敷き延べはじめた。

心根を覗くと、活劇のあとで相当に淫気を催しているようだ。

「姫君は、あの娘の匂いを追ったのですね。駿介どのの指や鼻を嗅いだということは、もう手を付けたのですか。あの界隈《かいわい》は待合いも多いのです」

美謝は怖い目で駿介ににじり寄った。

そして彼の指を嗅ぎ、鞘香がしたように、鼻に残る千穂の陰戸の匂いを嗅ぐように顔を寄せてきた。

「確かに、ほんのり生臭い匂いが致します。なんて、手の早い……」

美謝は花粉のように甘い息で囁き、そのまま彼の唇にきゅっと嚙みついてきた。

「い……」

駿介が顔をしかめて声を洩らすと、すぐに美謝は歯を離し、代わりに舌を這わせてきた。彼の口から、鼻の穴まで執拗に舐め回した。

たちまち、美女の息と唾液の甘酸っぱい匂いに酔いしれ、駿介は勃起してきてしまった。

「あの子は、まだ生娘でしたでしょうに。痛がりませんでしたか……」

美謝は甘く囁きながら、何度となく彼の口を舐めた。

「ええ……、たいそう痛がったので中では果てず、口でして貰いました……」

「まあ、何ていけないことを……、無垢な子に飲ませるなど」

美謝は言いながら袴と着物を脱ぎ、彼も脱がせはじめた。

そして互いに全裸になると、彼女は駿介を布団に仰向けに押し倒した。

「他には、何をさせたのですか……」

美謝は、彼の口を吸い、舌をからめ、生温かな唾液を送り込んでは口を離して訊いてきた。

駿介もすっかり高まり、小泡の多い唾液で喉を潤し、口も鼻もたっぷりと舐めて濡らしてもらいながら、ほんの少し、勃起した肉棒を震わせた。

「顔を跨がせ、ゆばりも飲ませてもらいました……」

「まあ！　そのような癖《へき》があるのですか。何といやらしい……」

美謝は、乳房を彼の顔に押し当て、突き立った乳首を含ませながら言った。

「私にも、そうして欲しいですか……」

囁かれ、駿介は美謝の甘ったるい汗の匂いに包まれながら頷いた。

五

いきなり美謝が顔に跨ってこようとしたので、駿介は言った。

「そ、その前に、足を……」

「いいでしょう。好きなだけお舐めなさい」

彼女は言い、まず彼の顔の横に座り、片方ずつ足裏を顔に載せてきてくれた。

誰よりも大きめで逞しい足裏だ。土踏まずは生温かく汗ばみ、駿介は舌を這わせながら指の股に鼻を潜り込ませて嗅いだ。汗と脂の蒸れた匂いが馥郁と鼻腔を刺激し、彼は全ての指の間に舌を割り込ませた。

「ああ……」

美謝が、くすぐったそうに足を震わせて喘ぎ、自分から足を交代させてきた。駿介も、新鮮な味と匂いを吸収し、充分に舐め尽くしてから、むっちりと張りのある脚の内側を舐めていった。

それにつれて美謝もゆっくりと腰を上げ、片方の膝を彼の顔の横へ置き、もう片方の脚で顔に跨ってきた。

やがて完全に美謝は、仰向けの駿介の顔を跨ぎ、厠で用を足す格好になってしゃがみ込んだ。熱く蒸れた芳香を放つ陰戸が鼻先に迫り、割れ目からはみ出した花弁からは、今にも滴りそうなほど蜜汁の雫《しずく》が膨らんでいた。

「お舐め。先にここから……」

美謝が上から囁き、先に彼の鼻と口に白く丸い尻の谷間を押しつけてきた。

可憐な薄桃色の蕾が鼻に密着すると、顔中にひんやりした双丘が吸い付き、秘めやかな微香が漂った。

駿介は美女の恥ずかしい匂いにうっとりと酔いしれ、何度も深呼吸してから舌を這わせていった。

「ああ……、くすぐったくて、いい気持ち……」

美謝が喘ぎ、舌の刺激を受けながらきゅっきゅっと肛門を収縮させた。

そして彼は舌先を押し込んで、ぬるっとした粘膜を味わうと、

「もっと奥まで……」

彼女は言って、自ら両手でぐいっと谷間を広げ、蕾を目いっぱい開いた。形良い肛門は様々に表情を変え、枇杷《びわ》の先のように肉を盛り上げたり、ぴんと襞を伸ばして光沢を放ったりした。

駿介も精一杯奥まで舌を潜り込ませ、滑らかな内壁を心ゆくまで舐め回した。

すると鼻先に密着した陰戸からは、とうとうぬるぬるした淫水が流れ出し、彼の顔中を濡らしはじめた。

美謝は肛門を締め付けて彼の舌を充分に味わうと、やがて股間をずらしてきた。

鼻を柔らかな茂みが覆い、口に熱く濡れた割れ目がぴったりと吸い付いた。

甘ったるい汗と蒸れた体臭、ほのかなゆばりの匂いなどが入り混じって鼻腔を掻き回した。

駿介は濃厚な女臭に噎《む》せ返りながら、割れ目内部に舌を這わせた。ねっとりとし

た大量の蜜汁が流れ込み、淡い酸味が舌を濡らした。

「アア……、もっと舐めて……」

美謝は次第に熱く息を弾ませ、割れ目をこすりつけるように腰をくねらせはじめた。駿介も夢中で膣口の襞から柔肉、オサネを舐め回し、果ては上の歯で包皮を剥き、露出した突起を小刻みに舌先で弾いた。

「あうう……、いいわ、それ……。出そう……」

美謝が息を詰めて言うので、駿介も舌を引っ込め、柔肉に口を当てて吸った。

するとまもなく、生温かな水流がゆるゆると漏れてきた。だいぶ勢いを弱めてくれているので飲みやすいが、千穂より味と匂いが濃くて刺激的だった。

「ああ……、いい気持ち……」

放尿を続けながら美謝が呟き、駿介も噎せ返らないよう気をつけて喉へと流し込んだ。そしてひとしきり出して勢いが弱まると、あとは新たな蜜汁が湧き出し、滴る雫も糸を引きがちになってきた。

残り香と味を嚙みしめながら、駿介は割れ目内部を舐め回した。

たちまち蜜汁は大洪水となり、色づいたオサネが突き立ち、柔肉が迫り出すように妖しく蠢いた。

もう我慢できなくなったように、美謝が腰を上げて身を離し、彼の肌に舌を這わせてきた。乳首を噛み、腹を舐め下り、股間に熱い息を吐きかけてくる。

「ああ……、これも、あの娘の匂い……」

一物を嗅いで、美謝が恨みがましく呟いた。

そして大股開きにさせた彼の股間に腹ばって陣取り、幹を握りながらふぐりを舐め回してきた。

「ああ……」

強く吸い付かれ、駿介は引きちぎられるような畏れに喘ぎ、思わず腰を浮かせて反応した。

美謝は丁寧に袋全体を舐めて唾液で濡らし、二つの睾丸を強く吸った。さらに脚を浮かせて肛門を舐め、ぬるっと舌を潜り込ませてくれた。あるいは千穂に対抗して、彼女がしそうもない愛撫を率先しているのかも知れない。

そして肉棒の裏側をゆっくりと舐め上げて、先端に達すると、鈴口から滲む粘液を舌先ですくい取り、張りつめた亀頭を舐め回してからスッポリと喉の奥まで呑み込んでいった。

「く……」

温かく濡れた口腔に包み込まれ、駿介は暴発を堪えて呻いた。

美謝は深々と含んで上気した頬をすぼめ、ちゅーっと強く吸い付きながらすぽんと引き離しては、また繰り返した。

そして充分に一物を唾液にぬめらせると、身を起こして茶臼で跨ってきた。

強く逞しい美謝には、女上位がよく似合った。駿介もまた、美女の喘ぐ顔を下から見上げるのが好きだった。

彼女は幹に指を添え、先端を膣口にあてがいながら腰を沈み込ませてきた。

たちまち屹立した肉棒は、ゆっくりと美謝の熱く濡れた柔肉の内部に没していった。ぬるっとした肉襞の摩擦と、熱いほどの温もりが彼自身を包み込むと、駿介は奥歯を噛んで絶頂を堪えた。

やはり千穂とは内部で果てておらず、一方的に口に出したので、こうした正規の交接の方が充足感と一体感が強かった。

「アアーッ……!」

完全に根元まで納め、股間を密着させて座り込みながら、美謝が顔をのけぞらせて喘いだ。

しばし体重をかけ、ぐりぐりと腰をくねらせるように動かしてから、彼女は身を重ねてきた。そして彼の肩に腕を回し、肌全体を密着させた。

胸には柔らかな乳房が押しつけられて弾み、恥毛もこすれ合って一物が締め付けられた。駿介も両手を回し、待ちきれないように股間を突き上げはじめた。

「ああ……、気持ちいい……」

美謝が熱く甘い息で呟き、彼の首筋や耳を舐め、頬に軽く歯を当ててきた。

顔を向けて口を求めると、美謝も腰を動かしながら舌をからめた。

駿介は、注がれる唾液で喉を潤し、胸いっぱいに美女の甘い息を吸い込んだ。

大量の蜜汁が漏れ、動きに合わせてくちゅくちゅと淫らに湿った音を立て、次第に二人の動きは激しくなっていった。

「あ……、ああ……、い、いく……」

美謝が声を上ずらせて言い、股間をぶつけるように動かした。

駿介も、心地よい摩擦に肉棒全体を刺激され、とうとう溶けてしまいそうな絶頂の快感に全身を巻き込まれていった。

「あう……、いく……！」

彼が口走り、熱い大量の精汁を噴出させると、

「い、いいわ……、アアーッ……！」

内部を直撃された美謝も同時に口走り、ガクガクと狂おしく痙攣しながら気を遣った。

駿介は下から股間を突き上げ、最後の一滴まで心おきなく放出し尽くした。そして徐々に動きを弱めていくと、美謝も満足げにぐったりと力を抜いて彼に体重を預けてきた。

互いの動きが止まっても、まだ膣内の収縮は続き、余りが絞り出された。

駿介は美謝の温もりと重みを受け止め、美女の吐き出す甘い息を間近に嗅ぎながら快感の余韻に浸り込んだ。

「良かった、とても……」

「私も、すごく良かったです……」

美謝の呟きに、駿介も答えた。

「新鮮な生娘よりも？」

「ええ、もちろん……」

近々と顔を寄せ、悋気《りんき》に膣内を締め上げてくる美謝に答え、駿介も内部でひくひくと幹を上下に震わせた。

心根を覗き込んでみると、本当に満足しきったように美謝の内部は空白で、ほんの少しだけ千穂への対抗意識が残っているようだった。

やがてすっかり呼吸を整えると、美謝が身を起こして股間を引き離し、互いの股間を処理してくれた。年上の美女に何もかも身を投げ出して任せるのは、何とも心地よかった。

そして身繕いをすると、そろそろ日も暮れてきたので、駿介は篠山家へと帰っていったのだった。

第四章　淫ら人妻に翻弄されて

一

「駿介どの。ちょっと……」

夕餉を終え、駿介が離れへ戻ろうとしたら、貴絵が呼び止めた。

彼女も戸締まりと片付けを終え、そろそろ床に就こうという頃だった。

今夜は、佐兵衛は藩邸へ泊まりである。今までも、佐兵衛は何かと用をかこつけては藩邸に泊まり込んでいたようだ。先日は、駿介が住み込むようになったから在宅していたが、また以前の習慣に戻ったのだろう。

その理由は、やはり貴絵の激しい求めに辟易《へきえき》してのことに違いなかった。

もちろん佐兵衛から見れば、まだまだ駿介など子供扱いで、自分の留守中に妻と間違いがあるなどとは思っていないのだろう。あるいは、仮にそうなったとしても貴絵の淫気が鎮まれば良いぐらいに思っているのかも知れない。

「はい。何でしょう」

駿介は答えながら、貴絵について彼女の寝所へ入った。すでに貴絵は寝巻き姿である。

（まずいな……。大丈夫だろうか……）

駿介は思った。

貴絵の全身からは、言いようのない淫気が放射されている。それは、心根を読む力がなくても分かるほど、激しいものだった。

まずいというのは、やはり叔父を慮《おもんぱか》ってのことである。あの人の良い佐兵衛の留守に、その妻女とどうこうなるというのは、やはり人の道に外れることだった。

大丈夫だろうかというのは、駿介も淫気が旺盛《おうせい》だから、拒みきれるだろうかという懸念《けねん》だった。

何しろ貴絵は、いかにも武家の妻という物静かで凛としたところがあるが、その内面は燃えるような欲望を抱えているのである。

貴絵は、ゆっくりと布団に横たわり、腹這いになっていった。

「今日は、ことのほか疲れました。申し訳ないけれど、ほんの少しでよいから足を揉んでほしいのですが」

「承知いたしました」

貴絵の言葉に、駿介もすぐに応じた。確かに今日は、手習いのあと貴絵は買物に出て、大荷物で帰ってきたのである。

あれから、千穂も元気に来てくれているし、たまに目が合うと羞じらいの素振りを見せるのは、やはり拐かしの恐怖よりも、駿介と情交した思い出が大きく心を占めているからなのだろう。

とにかく駿介は、貴絵の足の方へとにじり寄った。そして、そっと両手で押し包むようにして足を持ち、両の親指で踵から土踏まずなど、足裏全体をまんべんなく圧迫しはじめた。

「強すぎたら言ってくださいませ」

「ああ……、良い気持ちです……」

言うと、貴絵がうっとりと答えた。

僅かに裾がめくれ、行燈の灯りに白い脹《ふく》ら脛《はぎ》が照らし出されていた。

肌触りは実にスベスベと柔らかで、ひんやりしていた足裏も揉んでいるうち徐々に温もりを持ってきた。

非力なので、強すぎることはなく、彼が力を込めるぐらいでちょうど良いようだった。足指の股にも指を入れて揉むと、ほのかな汗と脂の湿り気が感じられた。充分に触れてから指を嗅ぐと、微かに匂いが感じられ、その刺激が彼を否応なく勃起させた。

駿介は両足とも充分に足裏を指圧し、踵から脹ら脛へと移動していった。脹ら脛は、さらにむっちりと柔らかだった。

「どうか、三里《さんり》の方も……」

貴絵が言い、ゆっくりと仰向けになってきた。

三里は、膝小僧の少し下にあるツボである。寝巻きの裾は膝の上までめくられ、熟れた新造の素足がにょっきりと灯に浮かび上がった。

駿介は脛をつまむようにし、左右の三里のツボを指圧した。

「アア……、何と、良い気持ち……」

貴絵は言いながらも、何度か息を詰め、切なげに息を吐いて身悶えた。

「もっと上の方も……」

そして彼女は囁き、自ら裾をめくって白い太腿まで露わにしながら、さらに片方の膝を立ててきたのだ。

駿介は、思わずどきりとした。彼女は、寝巻きの下には何も着けておらず、黒々とした茂みと、濡れて光沢を放つ陰戸が覗いたのだった。

「あ……、いま、見ましたね……」

と、貴絵が言った。

「い、いえ……」

「正直におっしゃい……。怒りはしません……」

「はい……、少しだけ、見えました……」

「何が見えたのです」

貴絵は執拗だった。どうやら揉ませることから、意を決して次の段階に入ったようである。

「叔母上様の、陰戸が……」

「そう……、駿介どのは、まだ無垢ですね……？」

貴絵の声が、甘ったるく粘つくように変化してきた。

「は、はい……」

駿介は嘘をついた。もっとも見かけが大人しげだから、無垢と思われるのも当然である。

「そうでしょう。でも、十七ともなれば興味が湧くのも無理はありません。もっと見てみたいですか……？」

「はい……」

この場合は、見たいと答える他になかった。実際、見たいし触れたいのである。

「よろしいでしょう。大切な小久保家の跡取りを預かっているのです。詰まらぬ女に手を出すよりは、私が見せてあげます。その代わり、誰にも内緒ですよ」

言うと、貴絵は完全に裾をまくり上げ、太腿の付け根から下腹まで露わにしながら、僅かに立てた両膝を大きく開いていった。

「さあ、ごらんなさい。行燈をもう少し側へ、顔も寄せて……」

貴絵は、弾みそうになる呼吸を抑えて懸命に息を詰め、何度か生唾を飲み込みながら言った。

駿介は、言われたとおり行燈を引き寄せ、腹這いになって彼女の股間に顔を迫らせていった。

「あ……、どのようですか……？」

貴絵が、彼の熱い視線と息を感じ、感想を求めてきた。

「閉じられて、良く分かりません……」

「ならば、これでいかがです」

貴絵は答え、自ら両の人差し指を割れ目に当て、ぐいっと陰唇を左右に広げて見せてくれた。

中身が丸見えになり、膣口が灯を受けてぬめぬめと妖しく息づいていた。オサネは大きめで光沢を放ち、見ているだけでも新たな蜜汁が溢れて割れ目に溜まり、今にも肛門の方まで滴《したた》りそうになっていた。

「は、はい、よく見えます……」

「そんなに気持ちの良いものではありませんでしょう」

「いいえ、柔らかそうで、濡れていて、何とも美味しそうに存じます……」

駿介が答えると、貴絵はびくりと下腹を波打たせた。

「お、美味しそうとは……、まさか、舐めてみたいなどと言うのではないでしょうね……」

貴絵が、期待と興奮に息を弾ませて言った。

そっと心根を覗くと、どうやら貴絵は、舐められた経験がないようだった。

この駿介と同じ小久保家の血筋でも、佐兵衛はそうした行為をしたことがなく、僅かにいじって挿入するだけの味気ないものらしい。

逆に貴絵は、交接に慣れてくると淫気も増幅し、もっとして欲しいのに拒まれている状態なのだ。

もちろん互いに無垢同士で一緒になり、最初のうちは佐兵衛もしていたが飽き、その頃に貴絵が快感に目覚めるという、すれ違いの夫婦である。

貴絵も三十にもなれば、世に陰戸を舐める行為があることぐらい知り、ただ厳格な武家育ちの慎みが先に立って要求できないだけなのだった。

「お舐めしても、よろしゅうございますか……」

ここは、駿介の方から言うべきだった。

しかし、貴絵の反応は激しかった。

「な、なりません。そのようなこと、決して。だいいち、そこはゆばりを放つ不浄なところです。だから、武士が犬の真似などしてはいけません……」

「しかし、叔母上様の陰戸はあまりに美しく、ほんの少しでも良いから舐めてみたいです。どうせ、今宵のことは二人だけの秘密なのですから、どうか」

「そ、そんな……、今日は湯屋にも行っておりません……。それに、舐める場所ではないのですよ……」

貴絵は身悶えながら、迷いに迷っているようだ。足を揉ませ、陰戸を見せるだけで興奮を高め、そのまま駿介の筆下ろしでも出来れば最良と思っていたようだが、成り行きから濃厚な愛撫に発展しそうなのだ。

「どうか叔母上、少しだけでも……」

「アア……、そこまで言うのなら、ほんの少しですよ。不味《まず》かったり、嫌な匂いがしたらすぐにお止めなさい……」

貴絵が喘ぎながら言い、とうとう駿介も陰戸に顔をうずめていった。

二

「ああーッ……！　な、なりません。そのように激しく舐めては……！」

舌を這わせると、貴絵が量感ある内腿できつく彼の顔を締め付けながら、狂おしく身悶えて声を上げた。

駿介は柔らかな茂みに鼻をこすりつけ、濃厚な女の匂いを吸収しながら内部を舐め回した。汗とゆばりの匂いが馥郁と鼻腔を刺激し、とろりとした大量の蜜汁は淡い酸味を含んで舌を濡らしてきた。

襞の入り組む膣口を舌先で掻き回し、蠢く柔肉を味わい、オサネを舐め上げていくと、

「あう！」

貴絵は息を呑み、身を反らせたまま硬直した。

刺激が強すぎるのだろうか。彼は優しく舐め回し、時には弾くように舌で触れ、緩急をつけてオサネを愛撫した。

「アア……、何と、身体が蕩けてしまいそう……」

貴絵が、硬直を解いてぐんにゃりとなりながら言い、また思い出したように強く内腿を締め付けてきた。

「ここが、心地よいのですか……」

駿介は言いながら、なおもオサネを舐め続けた。

「え……、ええ……、そこがたいそう感じます……」

「では、ここは」

駿介はオサネを舐めながら言い、指を膣口にヌルッと押し込んだ。

「あうう……、両方、いい……」

彼が膣内の天井を指でこすりながら、なおもオサネを舐め続けると、彼女は激し

く喘ぎながらガクガクと狂おしい痙攣を起こしはじめた。

「も、もう堪忍……、アアーッ……！」

たちまち貴絵は気を遣り、何度もひくひくと腰を跳ね上げて悶え、それ以上の刺激を拒んで身をよじった。

蜜汁は粗相したように彼女の股間をびしょびしょにさせ、彼もようやく舌を引っ込め、ヌルッと指を引き抜いた。白っぽく濁った蜜汁が淫らに糸を引き、彼女は横向きになって忙しげに喘いでいた。

おそらく、これほど快感が高まったのは初めてだろう。しばらくは、敏感な部分には触れない方がよい。

駿介は移動し、さっきは触れただけにとどめた足裏を舐め、指の股の匂いも味わって爪先をしゃぶった。

「う……、んん……」

失神したようにぐったりしていた貴絵が、小さく呻いて指を縮めた。

彼は両足とも味わい、さらに裾をめくって白く豊かな尻の谷間にも顔を埋め込んだ。ひんやりした柔らかな双丘の感触を顔中に感じ、秘めやかな匂いの籠もる蕾を舐め回した。

「アア……、何をするのです……」

貴絵が、力ない声で言ったが、今は動く力も湧かないようだった。

駿介は美女の肛門を舐め、内部にもぬるっと舌を潜り込ませて滑らかな粘膜を味わい尽くしてから、ようやく身を離した。そして帯を解いて手早く着物と下帯を脱ぎ去り、彼女に添い寝していった。

甘えるように腕枕してもらい、はだけた胸元から覗いている乳房に顔を埋め込んだ。胸元や腋からは、何とも乳のように甘ったるい汗の匂いが生ぬるく漂い、柔らかな膨らみが顔を覆った。

色づいた乳首を含んで吸い、舌で転がすと、

「あぁッ……！」

貴絵はまた喘いで、ぎゅっときつく彼を抱きすくめてきた。

上からは、貴絵の色っぽい口から洩れる息が馥郁と彼の鼻腔をくすぐってきた。

それは白粉のように甘く、微かに鼻腔の天井に引っ掛かる刺激を含んでいた。さらにお歯黒の成分であろう、僅かに金臭い匂いも混じって感じられた。これが新造の匂いなのだろう。

「アア……、もっと吸って、強く……」

貴絵は熱い息を弾ませて囁き、彼の顔を膨らみに押しつけた。駿介は顔中が、つきたての餅のように柔らかな肌に埋まり、心地よい窒息感と生ぬるい肌の匂いに噎せ返った。

「何て可愛い……。そなたを、食い尽くしてしまいたい……」

貴絵が、たちまち興奮を甦らせて言い、やがて上になりながらぴったりと唇を重ねてきた。

駿介も仰向けになって受け身の体勢になり、濃厚な口吸いを受けた。

ぽってりとした唇が密着し、熱く甘い吐息が鼻腔を満たし、さらにヌルッと舌が侵入してきた。

彼も前歯を開いて受け入れ、激しく舌をからませた。差し入れて美女の口の中を舐め回すと、彼女はちぎれるほど強く吸い付き、とろとろと生温かな唾液を流し込んできた。

そして気が済むまで舌を舐め、吸い合ってから口を離すと、彼女は駿介の鼻の穴や頬まで舐め、お歯黒の歯で軽く頬を噛んだ。上になって、このように好き勝手にするのは初めてなのだろう。貴絵は今まで抑圧していた欲求を一気に解放するように駿介を貪った。

「ああ……」

耳たぶまで嚙まれ、首筋を舐められながら駿介は喘いだ。

貴絵は彼の胸から腹を舐め、そのまま真下へ下りていった。そして股間に熱い息を吐きかけ、やんわりと幹に指を添えてきた。

「これが無垢な一物……、何て綺麗な色……」

貴絵がうっとりと言い、張りつめて光沢を放つ亀頭を優しく撫でた。

無垢でないのは申し訳ないが、彼も貴絵に負けないほどの興奮に肉棒を屹立させていた。

そして彼女は、おそらく初めてであろう、一物に口を押しつけてきた。

先端に口づけし、舌を伸ばして鈴口から滲む粘液を舐めてくれた。

「アア……、叔母上……」

駿介は快感に身悶えて言い、彼女の鼻先でひくひくと幹を上下させた。それを捕らえるように貴絵がぱくっと亀頭を含み、頰をすぼめて吸い付いた。

熱い息が恥毛をくすぐり、指は内腿やふぐりを撫で回していた。

「まだ、出してはいけませんよ……」

すぽんと口を離して囁き、貴絵はさらに幹を舐め下り、ふぐりをしゃぶった。

舌が大きな蛞蝓《なめくじ》のように袋全体を這い、唾液にまみれさせた。そして二つの睾丸が転がされ、貴絵は頬張って優しく吸った。

再び舌で幹の裏側を舐め上げ、今度は喉の奥まですっぽりと呑み込んだ。温かく濡れた口の中で、くちゅくちゅと舌がからみつき、ねっとりとした唾液が一物を濡らした。

「こんなに立っていて、嬉しい……」

口を引き離すと、貴絵が呟くように言った。佐兵衛は、こんなに勢いよく勃起しないのだろう。

貴絵はそのまま身を起こし、一物に跨ってきた。

「上からで、構いませんか……」

「はい、どうか叔母上のご随意に……」

答えると、彼女は先端を陰戸にあてがい、ゆっくりと腰を沈み込ませてきた。

たちまち唾液に濡れた肉棒は、ぬるぬるっと滑らかに柔肉の奥へと潜り込んでゆき、互いの股間が密着した。

「アアッ……！　奥まで届く……、何て心地よい……」

完全に座り込みながら、貴絵は目を閉じて口走った。

そして厠にしゃがむような格好のまま、ずんずんと股間を上下させ、濃厚な摩擦を伝えてきた。しかし彼女も気持ち良すぎたように、すぐに力尽きて両膝をつき、さらに身を重ねてきた。

駿介は下から両手を回して熟れ肌にしがみつき、熱いほどの温もりと締め付ける感触を味わった。

貴絵は最初から腰を突き動かし、腹も胸も何もかもこすりつけてきた。そして上から何度となく口を吸い、滑らかな舌で鼻や瞼まで舐め回してくれた。

駿介は甘い吐息と粘つく唾液に包まれながら股間を突き上げ、彼女の勢いに圧倒されながら、すぐにも絶頂に達してしまった。

「お、叔母上、いく……！」

口走り、股間をぶつけるように突き上げると、

「ああーッ……！　き、気持ちいいッ……！」

同時に貴絵も声を上げ、がくんがくんと何度も全身を波打たせて膣内を締め上げてきた。駿介も、ありったけの熱い精汁を勢いよく内部にほとばしらせ、快感に身を震わせながら最後の一滴まで絞り尽くした。

徐々に勢いを弱め、律動を止めると、彼女も力を抜いてぐったりと彼にもたれか

かり、体重を預けてきた。

うっすらと汗ばんだ肌が吸い付き、彼は重みを受け止め、義理の叔母の熱く甘い吐息を嗅ぎながら余韻を味わった。

「これが、本当の情交なのですね……。何やら、気持ち良すぎて、恐ろしいほどです……」

貴絵が言い、やがて荒い呼吸のままゆっくりと股間を引き離して横になっていった。駿介は身を起こし、懐紙で手早く互いの股間を処理し、彼女に掻巻を掛けてやった。

「駿介どの。私が最初で、後悔はありませんか……」

「もちろんございません。本当に嬉しいです。有難うございました」

駿介が心から言うと、貴絵も安心したようだった。

「そう、それならば良いです……」

「では、私は離れへ戻ります。おやすみなさいませ」

駿介は身繕いすると辞儀をして言い、静かに離れへと戻っていった。

まさか、激情が過ぎ去って冷静になってから、道ならぬ行為を悔やんで自害でもしないだろうかと心配したが、離れから彼女の心根を覗いてみると、心地よい気だるさと疲労感の中、貴絵はすぐにも眠ってしまったようだった。

三

「あれから、細田家のことを調べてみました」

美謝が言った。

午前中に手習いを終え、昼餉を済ませた駿介は、千穂を送り届けるため日本橋へと行った。その帰り、藩邸へ寄ろうとしたら、ちょうど篠山家を訪ねてこようとしている美謝と途中でばったり出会ったのである。

美謝は再び藩邸へ戻り、二人は彼女の部屋に入って話した。

鞘香は、今日は朝から城中で行なわれる能の催し物に招かれ、家老とともに赴いているようだった。

「細田家は二千石の旗本で、当主は小普請奉行を勤めておりました。子が二人、長兄は父親の補佐をしておりますが身体が弱く臥せりがち、次男が浩次郎《こうじろう》といい素行不良の二十一歳」

「なるほど、その浩次郎が先日の」

「はい。兄が病死したり、あるいは病弱を元に隠居すれば自分が次期の小普請奉行職に就けるとし、配下の破落戸たちに持ち上げられて勝手放題」

美謝が言う。彼女の知り合いに読売屋がいて、そうした情報を聞き出してきたようだった。

小普請奉行とは、勘定奉行、寺社奉行、町奉行の三奉行に対し、作事、普請、小普請を合わせ下三奉行といわれる役職である。主に城内の小さな修繕に従事し、多くの大工や人足を配下に置いていた。

あの破落戸たちは、流れ者の人足か、あるいはどこかの一家に寄宿している者たちなのだろう。

「あの屋敷は、小普請奉行の家ではなく、先代の隠居所だったようです。そして先代が死に、空き家になっているところを浩次郎が住んで、悪事の巣窟としているようでした」

「なるほど」

「まあ手下どもの髻を斬ったので、ここしばらくは大人しくしているでしょうが、おそらく娘を斬りたがるのは浩次郎の歪んだ癖《へき》かと」

美謝が言い、あなたにもおかしな淫気や癖があるでしょう、と言うような目で駿介を見た。

「そうか……、はた迷惑な癖もあったものだが……」

駿介は言い、ちらと外の方を見た。

「なにか？」

「いえ、いま姫様が帰って参りました。私に来いと……」

駿介が言うなり、駆け足で家臣がこちらへやって来て声をかけてきた。

「あ、姫様の言うとおり、ここにいらっしゃいましたか。姫様がお呼びでございますが」

「承知しました。ただいま」

駿介が答え、大刀を持って立ち上がると、美謝は少し悋気に燃えるような眼差しをした。彼と鞘香が、心で通じ合っているのが面白くないのかも知れない。そして出来れば、このまま部屋で情交に発展したかったのを、邪魔された形になったのだろう。

「では、姫様とも相談してみます。姫様にとっても、乗りかかった船で気に掛かっておりましょうから」

「ええ……、では」

美謝が言って見送り、駿介は侍長屋を出て屋敷の奥向きに入っていった。

奥向きは女たちの住まいだが、別に城中の大奥のような男子禁制ではない。用があったり、呼びつけられたときは普通に出入りできる場所だ。

鞘香の待つ部屋へ案内されると、まずは駿介は平伏した。

「お帰りなさいませ。能はいかがでございましたか」

「退屈で堪らぬ。もっとも、他藩の若殿に私を見せる意味合いがあったようだが、まだ嫁になど行く気はない」

鞘香が言い、絢爛たる着物を引きずりながら、さらに奥の間へと駿介を招き入れた。そこには床が敷き延べられている。

どうやらお付きの者たちには、疲れたので夕刻まで寝るとでも言っておいたのだろう。あるいは皆に暗示でもかけ、誰も来ぬよう厳命しているのかも知れない。そして駿介のみ、姥山や小田浜から一緒に来て気心知れているから安心だと、周囲にも思わせているようだった。

「美謝様からのお話ですが」

「ああ、聞いた」

駿介が言おうとすると、鞘香は面倒そうに答え、すぐにも煌びやかな着物を脱いでしまい、多くの簪や髪飾りを引き抜いてしまった。振り袖や、こうした飾りものが面倒で嫌いなのだろう。

そして鞘香は、駿介と美謝の会話も心を通わせて聞いていたようだった。

「近々、江戸の娘たちを守るためにも対峙せねばならないだろう。それより」

鞘香は襦袢姿になって言い、彼ににじり寄って額同士をくっつけてきた。

「美謝や千穂ばかりか、叔母とまで情交したのか……」

彼の頭の中を覗き込むようにして言った。

「も、申し訳ありません。節操がなく、誘いをかけられると、つい……」

顔を寄せた鞘香の甘酸っぱい息を感じ、駿介はしどろもどろに言いながらも勃起してきた。もちろん鞘香の放射する淫気に、激しく反応しているのだ。

「良い。より多くの女を知った方が、お前の味が良くなる。そして味の良いお前を食べれば、それだけ私の淫法も研《と》ぎ澄まされる」

鞘香は笑みを含んで言い、彼が感じているのを分かっているので、ことさらに熱くかぐわしい息を彼の顔に吐きかけてくれた。

淫法修行を立て前にして、今さら好きだの惚れたのを口に出さないのは、すでに心が通じ合い、互いの好意は分かり切っているからだ。

そして額を合わせていると、駿介も鞘香の思いを読むことが出来た。退屈な能を観て、他藩の若殿とも相まみえたが、彼女の心が全く動かなかったことを確信し、駿介も安心したものだった。そして鞘香の心は今、何よりも大きな淫気に包まれていた。

そのまま鞘香は、ぴったりと唇を押しつけてきた。駿介も受け止め、柔らかな弾力を感じながら、さらに濃厚な吐息で鼻腔を満たした。

今日の鞘香は薄化粧しているので、果実臭の吐息にもほんのり紅や白粉の香りが混じっていた。

密着したまま互いの口が大きく開かれ、舌が触れ合った。鞘香の長い舌が彼の口の中を舐め回し、生温かな唾液が送り込まれた。

それが引っ込むと、駿介も舌を差し入れ、白く滑らかな歯並びや引き締まった歯茎を舐め、口の中も隅々まで探った。

「ンン……」

鞘香は熱く鼻を鳴らし、彼の舌に強く吸い付いてきた。

そして充分に舌を舐め合い、駿介が姫君の唾液と吐息を存分に吸収してうっとり酔いしれると、ようやく口が離れた。

顔が離れると、今まで鞘香の熱く甘酸っぱい息ばかり吸い込んでいたから、急に室内の空気がひんやりと感じられた。

「脱いで。全部。ここには誰も来ぬ……」

鞘香は言いながら、自分も足袋や腰巻きまで取り去ってしまった。

駿介は手早く袴と着物を脱ぎ、下帯も解いて屹立した一物を露出させた。

すると鞘香は自ら仰向けになり、彼を上にさせた。あとはいちいち要求されなくても、彼女がして欲しいことと駿介がしたいことは一致しているので、黙々と貪り合うばかりだった。

駿介は覆いかぶさり、張りのある乳房に顔を押しつけ、薄桃色に色づいている乳首を含んで吸った。

「アア……、駿介……」

鞘香が小さく喘ぎ、滑らかな柔肌を波打たせて甘ったるい汗の匂いを漂わせた。

駿介は両の乳首を交互に吸い、舌で転がしては顔中を膨らみに押しつけた。そして腋の下にも顔を埋め、和毛に鼻をくすぐられながら、慣れない能にじっとり汗ばんだ匂いを心ゆくまで嗅いだ。

そして肌を舐め下り、愛らしい臍を舐め、張りのある下腹に顔を埋めてから、太腿へと移動していった。

足首まで舌を這わせると、足裏を舐め、指の股の悩ましい湿り気を嗅ぎ、両足とも充分に爪先をしゃぶってから、いよいよ股間へと顔を進めていった。

可憐な姫君を大股開きにさせると、中心部からは艶めかしい匂いを含んだ熱気が漂ってきた。

割れ目からはみ出した花びらはねっとりと蜜汁に潤い、奥の柔肉は愛撫を待つように妖しく蠢いていた。駿介は香りに誘われるように顔を埋め、柔らかな若草の丘に鼻をこすりつけながら舌を差し入れていった。

四

「ああッ……！　気持ちいい。もっと舐めて、駿介……」

鞘香が顔をのけぞらせて喘ぎ、むっちりとした内腿できつく彼の両頰を挟み付けてきた。

駿介はオサネを舐めては溢れる蜜汁をすすり、陰唇の内側から息づく膣口、その回りの襞や柔肉までまんべんなく味わった。

甘ったるい汗の匂いに混じったゆばりの匂いが可愛らしく、味も汗かゆばりか分からない味覚があり、それも次第に薄れて、大量の蜜汁による淡い酸味ばかりになっていった。

彼は鞘香の両脚を浮かせ、白く丸い尻の谷間にも顔を押しつけ、薄桃色の蕾に鼻を埋め込んでいった。

秘めやかな匂いが馥郁と鼻腔を刺激してくる。こればかりは、姫君も、町娘の千穂もさして変わりはない匂いだった。もっとも姫君にしたところで、二年間も山に籠もっていたのだし、匂いだけで貴賤が区別できようはずもない。

駿介は充分に鞘香の匂いを嗅いでから舌先を蕾に這わせ、ちろちろとくすぐって濡らしながら、尖らせた舌をぬるっと潜り込ませていった。

「あうう……、いい……」

鞘香がきゅっきゅっと肛門を収縮させ、彼の舌を味わいながら喘いだ。

そして充分に粘膜を舐めてから舌を抜き、再びオサネに吸い付いていった。

「アア……、駄目、いきそう……」

鞘香は腰をくねらせ、早い絶頂を惜しんで彼の顔を股間から突き放してきた。

そして上下入れ代わり、駿介が布団に仰向けになった。

鞘香は上から重なり、再び口を舐め回し、舌をからめた。

『もっと唾を……』

心で思うだけで、すぐに鞘香はとろとろと大量の唾液を口移しに注ぎ込んでくれた。駿介は、生温かく小泡の多い粘液でうっとりと喉を潤し、滑らかな舌を味わった。

鞘香は貪るように彼の首筋を吸い、乳首にも口を押しつけてきた。

『噛んで、強く……』

『こうか……』

思うと、鞘香はきゅっと乳首に歯を立ててくれ、まるで食べているようにコリコリと小刻みに噛みしめてくれた。

「ああ……、姫様……」

駿介は身悶え、激しく喘いだ。

鞘香はもう片方も充分に舐め、綺麗な歯で刺激してくれた。そして脇腹や下腹部にも歯を食い込ませ、やがて打って変わって優しく一物にしゃぶりついてきた。

亀頭を舐め、鈴口に舌先を押し込むようにして蠢かせ、ふぐりにも満遍なく舌を這わせてくれた。

そして肉棒をすっぽり呑み込み、長い舌をからめながら頬をすぼめて吸い、濡れた口で上下に摩擦してきた。たちまち一物は温かく清らかな唾液にまみれ、彼も絶頂が迫ってきた。

「ひ、姫様、もう……」

駿介が降参するように言うと、鞘香はちゅぱっと軽やかに口を引き離し、身を起こした。そして腰紐を天井の梁に通して輪にし、そこに摑まりながら茶臼で交接してきたのだ。

肉棒を跨ぎ、一気に柔肉の奥に呑み込んで座り込むと、何とも心地よい温もりと摩擦が駿介を包み込んだ。彼が暴発を堪えて息を詰めると、鞘香は紐に摑まりながら足まで輪にかけ、股間だけ接したまま宙に浮いた。

「ああン……、何て、気持ちいい……」

鞘香が声を漏しながら、きゅっきゅっと膣内を締め上げてきた。さらに彼女は吊り下がりながらくるくると回転しはじめた。肉棒がねじれるようにこすられ、紐がよじれきると、今度は逆回転となった。

「ああーッ……！　い、いく……！」

鞘香は宙に回転しながら穴の中を掻き回され、大量の淫水を丸く飛び散らせて喘いだ。

　どうやら、あっという間に気を遣ってしまったようだ。同時に駿介も快感の渦に巻き込まれ、熱い大量の精汁を勢いよく彼女の内部に放った。

「アア……！」

　鞘香は紐を放し、肌を重ねて激しく腰を使った。やはり最後は向き合い、密着して終わりたかったようだ。

　駿介も下から激しくしがみつき、狂おしく股間を突き上げ続けた。そして姫君の温もりと重みを感じながら、最後の一滴まで出し切った。

「ああ……、駿介、溶けてしまう……」

　鞘香が満足げに囁き、徐々に動きを弱めながら硬直を解いていった。

　駿介も動きを止め、ぐったりと身を投げ出した。互いの股間は、粗相したように大量の蜜汁でびしょびしょになっていた。彼は鞘香の甘酸っぱい息を嗅ぎながら余韻を味わい、何度も柔肉の内部で幹を脈打たせた。

「ああ……、まだ感じる……」

　鞘香が熱い息で囁きながら、ともに余韻に浸るようにきゅっと膣内を締め付け続けた。

ようやく互いに呼吸を整えると、鞘香が身を起こし、ゆっくりと股間を引き離した。そして精汁と淫水にまみれ、満足げに萎えかけた一物に屈み込み、いきなりしゃぶりはじめたのだ。

「ああ……、姫様、いけません……」

「良い、じっとしていろ」

鞘香は、慌てて身を起こそうとする彼を制し、濡れた肉棒を舐め回し続けた。丁寧に舌を這わせてヌメリを舐め取り、鈴口から滲む余りの雫もお行儀悪く音を立ててすすった。

「く……」

熱い息に股間をくすぐられ、その舌の刺激にすぐにも彼自身はむくむくと回復していった。なおも鞘香は濃厚なおしゃぶりを止めようとせず、果てはすぽすぽと調子をつけて口で摩擦しはじめた。

「あうう……、また……」

駿介は、鞘香の絶妙な舌使いと吸引に喘ぎ、急激に絶頂を迫らせてしまった。

どうやら鞘香も、二度目の発射をするまで愛撫を止めないつもりのようだ。

それが分かると、駿介も畏れ多いと思いつつ力を抜き、愛撫と快感に身を任せてしまった。

そして、たちまち二度目の絶頂の波が押し寄せてきた。

「う……、出る……」

駿介は突き上がる快感に声を洩らし、再び熱い精汁を絞り出してしまった。

立て続けの二度目だが、無理に出した感はなく、宙に舞うように大きな快感が得られた。それはおそらく、彼女の悦びも心に流れ込んできているからだろう。

「ンン……」

鞘香は吸い付きながら鼻を鳴らし、口に飛び込んできたものを小刻みに喉へと流し込んでいった。

最後まで出し切り、今度こそ駿介はぐったりと力を抜き、四肢を投げ出した。

鞘香は吸い付き、最後の一滴まで飲み干してからようやく口を離し、再び濡れた先端を舐め回してくれた。

そして甘えるように添い寝してくる鞘香を抱きすくめ、彼は二度目の余韻に浸り込むのだった……。

——日が傾く頃、駿介は藩邸を出て家に向かった。

　鞘香との二度の射精を済ませたが、気だるさや脱力感はなく、むしろ爽快で身が軽かった。美謝には会わずに出てきてしまったが、彼女とはまたゆっくり懇《ねんご》ろな時間も取れるだろう。

　そして彼が武家屋敷の塀を曲がると、そこでいきなり破落戸たちが立ちはだかってきた。

「む……、浩次郎の手下の者か……」

　駿介は鯉口を切って身構えたが、連中も一斉に長脇差しを抜き放ち、鬼のような形相で迫ってきた。何人かは頭に手拭いを巻いているので、美謝に髷を斬られた奴らだろう。

　左右には長い塀があるばかりで、他に通る人もいない。

　圧倒されるように後退し、駿介が逃げようと思わず踵を返すと、そこにも数人の武士が迫っていた。

「うぐ……！」

　いきなり駿介は、迫る武士の柄頭を水月にめり込まされて呻き、そのまますずるずると突っ伏して意識を失ってしまったのだった。

五

「さあ、充分に肌を味わっただろう。これからが、本当のお楽しみだ」

浩次郎が言い、全裸にされた娘が庭に引きずり出されてきた。すでに浩次郎をはじめ、何人もの武士や破落戸に犯され、娘は可憐な唇の端に血を滲ませ、抵抗する気力もなく身を投げ出していた。

（や、やめろ……！）

駿介は叫んだが、声が出ず身動きもできず、自分がどこにいるかも分からなくて連中からも彼が見えないようだった。

そう、その光景を、駿介はどこからか眺めているだけなのである。

やがて松明《たいまつ》の中、浩次郎がぎらりと大刀を抜き放った。

「柔らかな腹を割こうか、それとも急に死んでは詰まらぬから、まずは太腿から斬ってみようか」

浩次郎はうそぶき、破落戸たちが、震え上がって歯の根も合わないでいる娘を引き起こし、斬りやすいように脚を向けさせた。

浩次郎は残酷そうに薄笑いを浮かべながら、いきなり娘の太腿へ片手殴りに斬りつけた。

「ウ……！」

娘がびくりと硬直して呻いたが、背後で押さえている男が手で口を塞いでいた。

白くむっちりした肌が裂け、一瞬黄色い脂と赤い肉が見えたが、みるみる鮮血がしぶき、娘は失神したようにぐったりとなった。

さらに浩次郎は舌なめずりして娘の柔らかな乳房を刺し、腹を真一文字に切り裂いた。血と腸が出て湯気を立ち昇らせ、間もなく娘は絶命してしまった。

（はッ……！）

そこで駿介は目を覚ました。

気がつくと猿ぐつわをされ、彼は庭の松の木に後ろ手に縛られていた。

何カ所かに松明が焚かれ、縁側では浩次郎と配下の武士、破落戸たちが酒を飲んでいた。

どうやら連中の悪事の記憶が、気を失っていた駿介の心に流れ込んでいたのだろう。だから今のは夢ではなく、連中の強烈な記憶、つまり実際にここで起こったことなのだった。

「おお、目を覚ましたか」

浩次郎が、縁側から片膝突いて盃を傾けながら言った。目は鋭いが、なかなかの色男である。真っ当に生きていれば、良い女の一人や二人、いくらでも側にいるだろうに、奴の性癖は加虐一筋のようだ。

「小田浜藩の家臣、名は小久保駿介と言うようだな。あの強い二人の女を呼んで欲しい。そのためお前を生かしておいたのだ」

浩次郎が言う。細田家を調べたのは美謝たちばかりでなく、奴らも駿介を捜し、調べていたのだろう。

遠くから暮れ六つ（午後六時頃）の鐘が響いてきたので、駿介が気を失っていたのは、ほんの四半刻（三十分）ばかりのようだった。

「さあ、どうやってお前を囮に使い、あの二人の女を呼び出そうか。どうしても、あの強い女どもを犯し、この手で斬ってやりたいのだ」

浩次郎が悠然と言ったとき、さらに新たな二人の破落戸が裏木戸から庭へ入ってきた。しかも二人は、一人の町娘を両側から抱え込んでいるではないか。

「どうした、その娘は」

「へえ、ちょうど一人でうろうろしていたんで捕まえてきました。こないだ逃がした娘ですぜ」

浩次郎の問いに、破落戸が答えた。後ろ手に縛られ、猿轡されて庭へ投げ出された娘は、紛れもない、千穂ではないか。

「ウウッ……！」

駿介は、捕らえられた千穂を見て呻いた。なぜ自分だけでなく、千穂までが捕まらなければならないのか。夕暮れに一人歩きしていた千穂の迂闊さに腹が立ち、駿介は歯噛みする思いだった。

「そうか、でかしたぞ。では小田浜藩の女二人を呼び出すのは中止だ。この娘を斬り、その罪をこの男に着せようではないか」

「細田様、それがよろしゅうございます。あの女二人は相当な手練れですぜ。危険を犯すより、この娘を最後にしてこいつの仕業にし、そろそろ拐かしは止めにした方がよろしいかと」

破落戸の兄貴分らしい男が言った。

「なるほど、町方の目もうるさいしな。それに兄上の容態も良くない。俺が次の小普請奉行になるからには、悪事からも手の引き時か」

「ええ、そうなさいまし」

破落戸が言うと、配下の武士たちも頷いた。皆、浩次郎の悪行に辟易していたところがあったのだろう。だが今後、権力を持つ浩次郎についてゆき、甘い汁を吸おうという連中は今まで止めることも出来ず、こうして止めさせる機会を待っていたようだった。

「ならば、この娘を犯して斬り、前のように河原へ転がしておこう。その近くで、こいつに腹を切らせ、遺書を忍ばせれば良かろう。痴情おさえ難く、数多の娘を犯して斬ったが、その罪を恥じて自害する、とでも書けばよいか」

浩次郎が言って顎をしゃくると、配下の武士の一人が彼の差料を持って近づき、駿介の近くに転がしてあった彼の大小と交換した。この刀が、何人もの娘の命を奪ったようだった。

さらに別の男が座敷で、巻紙に遺書らしきものをしたためはじめた。

「さあ、まずは斬る前に味見だ。娘を裸にしろ」

浩次郎が言うと、破落戸たちが千穂を縛ったまま、着物を裂きはじめた。千穂が懸命に嫌々をしてもがくが、みるみる白い肌が露出していった。

「ク……、ンンッ……！」

駿介は渾身の力でもがき、縄をぎしぎしいわせて呻いた。

「ほう、お前が最初にやりたいか」

　それを見た浩次郎が言った。

「うん、それも良いな。我らの罪をかぶるのだから、せめてこの娘は、お前が最初に抱かせてやろう。この男も裸にしろ」

　言われて、破落戸たちが駿介の縛《いまし》めを解き、袴と着物を脱がせはじめた。

　縄が解けても、屈強な男たち数人に押さえつけられ、たちまち駿介は抵抗ひとつ出来ず全裸に剝かれてしまった。

「細田様。駄目ですぜ、こいつは。縮こまってやがるから」

　破落戸が言うと、他の連中が声を立てて笑った。

「まあ、待て待て。お前たちに見られていたら立つものも立たんだろう。そうだ、土蔵を貸してやれ。裸の二人を閉じ込めるんだ。五つ（午後八時）の鐘が鳴るまで自由にさせてやる。それが済んだら二人とも死ぬのだから、最後の一刻、うんと楽しむがよい。その間、俺たちは飲んで待っていようではないか」

　浩次郎が言うと、一人が土蔵の鍵を開けて戸を開いた。

　たちまち全裸の駿介と、腰巻き一枚にされた千穂が中へと投げ込まれた。

　もちろん千穂は、武器になるような櫛も簪も抜き取られ、結っていた髪がさらりと流れた。

どうやら今までの女も、ここへ閉じ込めたのだろう。中には何もなくがらんとしていて、あるのは敷かれた茣蓙だけだ。高い位置にある観音開きの扉が開いて月光が射し込んでいるが、そこには金網が張ってある。

二人が中に入ると、土蔵の扉は外側からばたんと閉められ、施錠する音が聞こえてきた。

「ち、千穂……、どうして一人で外を歩いていたのだ……！」

駿介は猿轡を外して言い、千穂の嚙んだ手拭いも解いてやった。

すると長い髪を垂らした千穂が、にやりと笑ったではないか。

『案ずるな、駿介』

『さ、鞘香様か……！』

心の中に囁かれ、駿介は度肝を抜かれた。

『お人が悪い。もっと早く語りかけていただければよろしいのに……』

『お前が、安心した顔をすると怪しまれる』

鞘香は答え、経緯を説明した。

彼女は、藩邸を出た駿介が、連中に掠われるのを察知した。やはり昏倒する寸前の駿介は、そうとう強烈な危険信号を発していたのだろう。

鞘香はすぐ美謝に報せ、いつものように他の若い女中に暗示をかけて自分の身代りとし、前に一目見た千穂に変装し、町娘らしい衣装で藩邸を抜け出した。やはり姫君の衣装では目立ちすぎるし、いつもの柿色の素破の格好よりは、自分が囮になる方を選んだのだろう。

いっぽう美謝は、知り合いの役人に報せに駆けつけ、逃れられない場面に出くわすまで塀の外で待機しているという。

そして千穂に化けた鞘香は、この屋敷に近づいて様子を窺ったが、ちょうど入ろうとした破落戸たちにわざと捕まったのである。もし連中が通りかからなければ、「駿介様」とでも、彼を探しているように呼びかけ、邸内に聞かせるつもりだったらしい。

『抱いて。見られている』

と、鞘香が語りかけ、いきなり彼の胸に縋り付いて嗚咽《おえつ》するふりをした。

どうやら破落戸の一人が梯子をかけ、高い位置の窓から中の様子を覗きに来たようだった。

『さて、どうしたものか……』

まだ、塀の外の美謝や役人は飛び込めないだろう。

『一刻ある。情交しようか』

『そんな、ご冗談を……』

鞘香の呼びかけに、駿介も心の中で苦笑した。彼女のおかげで、すっかり恐怖や不安も去り、落ち着きを取り戻していた。

とにかく見られているので鞘香は、心細げに震えて、彼の胸に縋り付いている演技を続け、駿介も甘い髪の匂いにうっとりとなっていった。

第五章　悦びに震える桃色の蕾

一

「抱き合って泣くばかりで、ちっとも始まりませんぜ」

破落戸が、いったん梯子を下りて浩次郎に報告しているようだった。

「そうか。ならば時間の無駄だな。もう一度窓からせっつけ。それで無理なら引きずり出せ」

浩次郎の声が聞こえる。

その間、鞘香は駿介の胸に抱かれながら猿轡されていた手拭いを股間に当てていた。ほのかなせせらぎと香りが感じられたので、どうやら彼女はゆばりを放ち、手拭いを湿らせているようだった。

そして再び破落戸が梯子《はしご》を登る音がしたと思ったら、鞘香は身を起こし、濡れた手拭いをぴしゃりと壁に叩きつけて一気に窓まで跳躍した。

「ぐわッ……！」

窓から覗き込んだ破落戸が、奇声を発して転げ落ちる音がした。鞘香が、金網越しに鋭く指を二本突き出し、奴の両眼を貫いていたのだ。

「どうした！」

外で浩次郎の怒鳴る声がする。

たちまち騒然となり、扉の錠が外される音がした。下り立った鞘香は駿介を戸の脇に身を潜ませ、自分が正面に立った。

やがて戸が開けられ、二人の武士が抜刀しながら中を覗き込んだ。しかし、そこにいるのは腰巻き姿の町娘だけである。

「何事だ。うむッ……！」

武士は呻いて外側へ倒れた。

鞘香が、素早く彼の脇差を抜いて胸を貫いたのである。さらに、もう一人の顔に濡れた手拭いを貼り付けて水月を蹴り、彼女も外へ飛び出した。

「な、何だ、お前は……！」

浩次郎が叫び、抜刀して縁側から飛び下りた。

その間にも鞘香は腰巻き一枚で宙を舞い、破落戸たちの顎を蹴り砕き、脇差で両眼を切り裂きながら浩次郎に迫っていた。

「そうか、お前は町娘ではなく、小田浜の素破か！　エエイ、娘一人に何をしている。押し包んで斬れ。いや、殺さず生け捕りにしろ」

浩次郎は言ったが、まだ歪んだ淫欲にとらわれているところを見ると、鞘香の恐ろしさが分かっていないようだった。

残りの武士と破落戸が鞘香を取り囲んだ。

だがその時、

「それまでだ！」

声がし、一同が振り向くと塀の上から美謝が抜刀して庭に飛び下りたところだった。さらに役人たちが梯子をかけ、御用提灯を手に手になだれ込んできた。

「う、うぬ……！」

浩次郎は後退し、再び縁側へと飛び上がった。

土蔵を出た駿介は、とにかく全裸のまま自分の着物のところまで走り、慌てて着はじめた。こんなことしかすることがないというのは情けないが、変に出しゃばって足手まといになってはいけない。

鞘香が、長い髪を閃かせて風のように舞い、逆手に握った脇差で攻撃をかわしては蹴りを見舞い、切っ先を連中の喉や胸に食い込ませた。鞘香は、武士には容赦がなかった。どちらにしろ浩次郎に与《くみ》した武士は切腹の沙汰があろうから、ここで屠っても同じことである。

しかし破落戸は、のちの証言もあろうから致命傷は与えなかった。奴らなら、のちに命惜しさに何もかも白状することだろう。

その活劇の輪に、美謝も果敢に飛び込んできた。

倒れて動けなくなった者を、捕り方が順々に捕縛していった。

鞘香は残りを美謝に任せ、邸内へ逃げ込んだ浩次郎を追った。

そして身繕いをした駿介も、自分の大小を腰に帯びて回り込み、屋敷の中へと踏み込んだ。

鞘香は、奥座敷の隅へと浩次郎を追い詰めていた。そこへ、あとから駿介も飛び込んでいった。

「ふ……、小久保。羨ましいぞ。このように美しく強い素破を子飼いにしているとはな……」

浩次郎が、顔を歪めて笑いながら駿介に言った。

「子飼いではない。私が、姫様に仕えているのだ」

「なに姫様？　これが喜多岡家の……？　ふふん、それは面白い」

浩次郎は、対峙している鞘香に向き直って言った。

「刺し違えたいところだが、俺の腕では敵うまい。役人に捕らえられるのは御免だから、ここで自害する。だがその前に一度だけ抱かせてくれぬか」

彼は大刀を投げ捨てて言った。そしてあろうことか袴をたくし上げ、屹立した巨大な肉棒を露出して握ったのだ。

こうした最中にも勃起しているというのは、やはり異常なほど肉体に執着しているのだろう。

鞘香はおぞましげに目をやり、一瞬にして脇差で亀頭を切断していた。

「ぐ……！」

浩次郎は目を見開き、血の滴る股間を押さえて膝を突いた。

そして苦痛から逃れようと、脇差を抜いて喉を突こうとした。しかしそれを鞘香が脇差で払い落とした。

「し、死なせてくれぬのか……」

「ああ、裁きを受けさせる」

鞘香は言い、自分の脇差も捨てた。おそらく何人もの罪なき娘を殺したのだから切腹は出来ず、市中引き回しのうえ磔《はりつけ》にされるだろう。

浩次郎の心根を覗くと、多くの感情がなだれ込んできた。自分の出生と同時に母親が死に、厳しい父と優秀な兄への引け目。行き場のない旗本次男坊の鬱屈、そして持って生まれた加虐の癖と絶大な淫気、それに権力志向。

「そうか、兄に毒を盛っていたか。愚かな……」

駿介が言うと、浩次郎は脂汗を浮かべて苦悶しながら、彼を睨み上げてきた。

そこへ役人が乱入してきて浩次郎を捕縛。さらに着物を持った美謝が来て、鞘香に羽織らせた。

「良かった、ご無事で……」

そのまま、美謝は鞘香を抱きすくめた。家臣としては出過ぎた行為だが、鞘香も殺気を引っ込め、力を抜いてじっとしていた。

「でも、どうかご自身のお手を血で汚すようなことは……。そうしたことは、全て私が致しますので……」

美謝が言い、駿介にも目を向けて無事を喜び合うように頷きかけてきた。

やがて死んだ者は戸板で運ばれ、負傷した者は連行されていった。多くの娘を殺《あや》めた浩次郎の差料ほか、書きかけだった偽物の遺書も、重要な証拠として持ち運ばれた。

鞘香と美謝は藩邸へと帰り、駿介も篠山家へと戻った。

「どうしていたのです！　こんなに遅くまで」

貴絵が、母親のように駿介を叱った。帰りが遅いので心配していたのだろう。

駿介は、経緯を全て話した。

「まあ！　それはまことですか……。そのような大事件に関わっていたとは……」

貴絵は目を丸くし、拐かしが解決したことと、駿介が関わりながらも無事だったことを労《ねぎら》ってくれた。

駿介は裏の井戸端で身体を洗い、遅い夕餉を済ませてから離れへと引き上げた。

さすがに疲れたので、貴絵に呼ばれることもなく、彼もすぐに眠り込んでしまった。肉体の疲労もさることながら、浩次郎の歪んだ感情を多く覗いてしまったことも重かったのだろう。

切れ切れに夢を見た。駿介自身が、美しい町娘を犯し、その瑞々しい肌を刃で切り裂いている夢だった。いけないと思いつつ、それにはどこか官能的な匂いがあった。やはり情交と同じく、娘の肌を裂き血を流すという行為も、どちらも非日常の興奮なのだろう。

しかし翌朝に起きると、もう身も心も回復していた。

美女の肌を裂くという快感も、所詮は妄想だけのことであり、自分には現実に出来ようはずもないことなのである。

朝餉を済ませると美謝が迎えに来て、一緒に南町奉行所へ赴いて話を聞かれ、昼前には解放された。

まさか姫君が大活躍したというようなことは外聞を憚《はばか》るので、駿介も美謝も、鞘香は抜きにした話をするよう口裏を合わせておいたのだ。居合わせた役人たちは美謝も知り合いなので、それらにも巧《うま》く言いくるめておいたようだった。

藩邸へ帰る美謝と別れ、駿介が篠山家へ戻ると、ちょうど手習いを終えた千穂が引き上げるところだった。

駿介は、そのまま千穂を送りに再び外へ出た。

そして茶店で一緒に昼餉を済ませ、また二人はどちらからともなく待合いへと入ってしまった。

昨夜は、千穂が捕らえられたかと思って胸を痛めたものだった。それを思うと、こうして笑顔で会える彼女が愛しく、激しい淫気を催したのである。

そして千穂にも、駿介は一連の拐かしが解決したことを話した。

二

「そうだったのですか。下手人《げしゅにん》が捕まってほっとしました」

「ああ、千穂も拐われかけたのだからな。だがもう心配要らない」

駿介は言い、千穂を抱きすくめて唇を重ねた。

美少女の唇の、柔らかな弾力を味わい、熱く湿り気ある甘酸っぱい息を嗅ぎながら舌を差し入れていった。滑らかな歯並びを舐め、奥へ潜り込ませて温かく濡れた舌を探った。

「ンン……」

千穂もすっかり力を抜いて鼻を鳴らし、ちろちろと舌をからみ合わせてくれた。

いつまで舐めていても飽きない舌触りだ。駿介は執拗に美少女の口の中を舐め回し、溢れる生温かな唾液をすすって喉を潤した。

そして充分に互いの口を吸い合い、駿介も心ゆくまで千穂の唾液と吐息を味わってからいったん唇を離し、互いの帯を解きはじめた。

千穂も素直に自分で脱ぎ、みるみる健康的な肌を露出していった。

駿介は先に下帯まで解いて全裸になり、激しく屹立した肉棒を出して布団に横たわった。

あとから千穂も一糸まとわぬ姿になり、羞じらうように身を縮めながら添い寝してきた。今日も千穂の肌からは甘ったるい汗の匂いが艶めかしく漂い、その期待と興奮も充分に彼に伝わってきた。

彼女を仰向けにさせ、のしかかるように薄桃色の乳首をちゅっと含むと、

「ああン……」

すぐにも千穂が甘えるように声を洩らし、肌を震わせはじめた。

駿介は舌で弾くように転がし、左右の乳首を充分に愛撫した。顔中を柔らかな膨らみに埋め込むと、若々しい張りが感じられた。

もちろん腋の下にも顔を埋め、楚々とした和毛に鼻をくすぐられて舌を這わせると、何とも甘く可愛い美少女の体臭が胸に染み渡ってきた。

千穂はくすぐったそうにくねくねと身悶え、さらに濃い匂いを揺らめかせた。

駿介は脇腹を舐め下り、愛らしい臍を舐め、張りと弾力のある腹部に顔を埋め込

んだ。滑らかな下腹に耳を押し当てると、きっしりと詰まって蠢く腸の躍動が微かに感じられた。

なるほど、浩次郎ではないが、これを切り裂いて美少女の神秘を発《あば》いてみたい気もしてくる。もちろん妄想だけであり、思うだけと行動するのでは天地の隔《へだ》たりがあった。

腰から太腿へ舌を這わせ、むっちりした張りを味わいながら丸い膝小僧を嚙み、すべすべの脛を舐め下りて足首から足裏へと移動していった。

「ああ……、どうか……」

千穂がか細い声で言った。

やはり武士に足裏を舐められるのだけは、慣れないようだった。

駿介は足首を摑んで押さえ、汗ばんだ足裏を満遍なく味わい、縮こまった指の間にも鼻を埋め込んで嗅ぎ、脂じみた指の股の湿り気を舐め回した。

「アアッ……！　駿介様……」

爪先全部にしゃぶりつくと、千穂はヒクヒクと足を震わせながら喘ぎ、彼の口の中で指を縮めた。彼は順々に指の股にぬるっと舌を割り込ませ、うっすらとしょっぱい味を楽しんだ。

そしてもう片方も、味と匂いが消え去るまで賞味し、大股開きにさせて脚の内側を舐め上げていった。

「あうう……、は、恥ずかしい……」

股間を見られ、千穂が声を震わせて喘いだ。

駿介は張りつめた両の内腿を舐め、腹這いになりながら顔を中心部に寄せていった。割れ目からはみ出し、僅かに開かれた花びらはねっとりとした蜜汁に潤い、奥の桃色の柔肉も愛撫を待つように妖しく息づいていた。

「すごく濡れている」

「あん……、どうか、おっしゃらないで……」

千穂が、言葉だけでびくりと下腹を波打たせ、新たな蜜汁を湧き出させた。

駿介は股間に顔を埋め込み、柔らかな若草の丘に鼻をこすりつけた。隅々に籠もるのは、やはり汗とゆばりの可愛らしい匂いだ。

「ああ、何て良い匂いだ……」

「う、嘘です、そんなの……。今日も汗をかいているし……」

千穂が羞じらいに腰をくねらせて言う。

「それが良い匂いなのだ。汗ばかりでなく、ゆばりの匂いも」

「アァッ……！」

駿介の言葉に千穂は激しく身悶え、むっちりと内腿で彼の顔を締め付けてきた。

舌を這わせると、とろりとした淡い酸味の淫水が流れ込んだ。さらに彼は柔肉から膣口の細かな襞を舌先で掻き回し、つんと突き立って光沢を放つオサネまで舐め上げていった。

「く……！」

千穂は息を詰めて呻き、挟み付ける内腿に強い力を込めてきた。

なおも舌先でちろちろとオサネを弾くように舐めると、千穂はガクガクと腰を跳ね上げて悶えた。

駿介は彼女の腰を浮かせ、白く形良い尻の丸みにも舌を這わせた。柔らかな膨みをそっと噛み、両の親指でぐいっと谷間を広げた。可憐な薄桃色の蕾がきゅっと閉じられ、鼻を埋め込むと秘めやかな微香が感じられた。

「ここも、良い匂い……」

「い、いやッ……、嘘です、そんなの……」

羞恥を煽《あお》る彼の言葉に、もう千穂は朦朧としてか細く答えるだけだった。

駿介は舌先でちろちろと肛門をくすぐるように舐め、細かに震える襞の感触を味わった。舐めるたびにきゅっきゅっと収縮する蕾の反応が、磯巾着のようで可愛らしかった。

そして舌先を潜り込ませ、ぬるっとした滑らかな粘膜も味わうと、

「あう……！　い、いけません。お口が、汚れます……」

千穂が顔をのけぞらせて言い、きゅっと丸く肛門で彼の舌を締め付けてきた。

駿介は少しでも深く押し込もうと顔中を尻に密着させ、内部でクネクネと舌を蠢かせた。鼻先にある割れ目からは、後から後から大量の蜜汁が溢れ出し、肛門の方にまで滴ってきた。

ようやく駿介は舌を引き抜き、彼女の脚を下ろしながら雫をたどり、再び割れ目内部を舐め回していった。

淡い酸味の淫水をすすり、オサネにも強く吸い付くと、

「アア……、も、もう堪忍……」

千穂は今にも気を遣りそうなほど身悶え、下腹の痙攣を激しくさせていった。

駿介はすぐにも挿入したかったが、やはりその前には舐めてもらいたい。顔を引き離して添い寝し、今度は彼女を股間へと押し下げていった。

千穂は、はあはあ喘ぎながら身を起こし、押しやられるまま彼の一物へと顔を寄

せていった。

仰向けになり、駿介は股間に熱い息を感じながら受け身になった。

千穂はそっと幹に指を添え、先端に唇を押し当ててきた。亀頭に柔らかな感触が伝わり、さらにぬらりとした滑らかな舌が鈴口に触れた。

彼女は無邪気な動きでちろちろと亀頭を舐め、滲んだ粘液をすすり、ふぐりまで充分にしゃぶってから一物を呑み込んできた。

幹を丸く口で締め付け、熱い鼻息で恥毛をくすぐり、内部では小刻みに舌が蠢いていた。

「ああ……」

快感に駿介が喘ぐと、千穂も嬉しそうに愛撫を強めてきた。

たちまち肉棒全体は温かく清らかな唾液にまみれ、駿介も激しく高まってきた。

やがて彼は千穂の口を離させ、彼女の手を握って上へと引き寄せていった。

「さあ、上から入れてみてくれ」

「ま、跨ぐのですか……」

「ああ、上から入れた方が、お前が加減して動けるだろう。それでも痛ければ無理をしなくて良いからな」

駿介は言いながらなおも引き上げてゆくと、千穂もとうとう一物に跨り、先端を陰戸にあてがっていった。

痛みの記憶はあるが、嫌ではないようだ。どうせ今後とも行なうことであるし、ひとつになりたい気持ちは男も女も同じなのだろう。

位置を定めると、千穂がゆっくりと腰を沈み込ませてきた。すぐにも、張りつめた亀頭がぬるっと潜り込んだ。

「あう……！」

千穂が眉をひそめて呻き、それでも止めずにぬるぬるっと根元まで受け入れながら完全に座り込んできた。互いの股間が密着すると、駿介も熱いほどの温もりときつい締め付け、肉襞の摩擦を充分に感じることが出来た。

千穂は、深々と杭に貫かれたように上体を硬直させていた。

駿介は両手を伸ばし、彼女の身体を抱き寄せた。千穂もゆっくりと身を重ね、温かな肌を密着させてきた。

彼は下から抱きすくめ、僅かに両膝を立てて太腿の密着感も味わった。そして様子を探るように、小刻みに股間を突き上げていった。

何しろ蜜汁が充分だから、締まりはきついが動きは滑らかだった。

「アア……、しゅ、駿介様……」

「痛むか」

「いいえ……、痛いけれど、最初ほどではありません。それより、何やら……」

千穂が息を詰め、自身の内に芽生えはじめた何かを探りはじめたようだった。

通常より、ずっと早く快感に覚えはじめているのかも知れない。

まあ十七になれば肉体の方は充分に生育しているし、それに感性の鋭い駿介と一体となれば、彼の放射する快楽の感情も少しずつ彼女の方に流れ込んでいるのかも知れなかった。

駿介は勢いをつけて股間を突き上げ、美少女の甘酸っぱい吐息に包まれながら昇り詰めていった。

「く……！」

彼は大きな快感に貫かれて呻き、股間をぶつけるように律動させながら、大量の精汁を内部にほとばしらせた。

「ああ……、気持ちいい……！」

すると彼の絶頂が伝わったように、千穂も声を洩らしてガクガクと腰を使いはじめた。膣内の締まりと収縮が増し、駿介は心おきなく最後の一滴まで、千穂の内部に出し尽くしたのだった。

三

「細田浩次郎は、市中引き回しのうえ磔と決まりました」

美謝が駿介に言った。すでに判決も下り、読売も非道な事件のあらましを発表して、町ではその話で持ちきりであった。

藩邸内にある侍長屋、美謝の部屋である。

「そうですか」

「父親である小普請奉行は、改易になる前に息子の不始末を恥じて切腹。病身の長男も、気の毒だけれど浪人となったようです」

美謝が言う。病身と言っても、それは浩次郎が盛った毒によるものだから、いずれ回復するだろう。

殺された町娘は四人。浩次郎に荷担した武士は、やはり不良旗本の次男三男だが大部分は鞘香が成敗《せいばい》してしまった。その生き残りは、もちろん切腹。仲間の破落戸たちも全員が終生遠島となったようだった。

「では、これで落着ですね」

「ええ、駿介どのも、江戸へ来た早々このような出来事に巻き込まれるとは」

「はあ、私は何も出来ず、ただ姫君と美謝様に助けられただけですから」

「いいえ……。ただ姫様は、あまりこのようなことにお手を出されるのは困りものです」

美謝は言い、小さく嘆息した。確かに姫君が、悪漢とはいえ人を殺めるのはどうかと思うし、いかに優秀な素破の体術が身に付いていても、悶着に首を突っ込むのは心配であった。

鞘香の母親、かがりも優秀な素破だったが、何しろ彼女は先代主君の側室だったから正頼の言うことなら何でも聞いた。しかし鞘香は姫君であり、主君であり兄でもある正隆は今、小田浜なのだ。誰も鞘香を諫《いさ》めることは出来ず、それが美謝の懸念のようだった。

それでも美謝は話を打ち切り、そっと駿介に迫ってきた。

すっかり淫気も溜まり、今日はどうにも駿介と快楽を分かち合いたいようだ。

駿介も、この部屋に入ったときから美謝の淫気は感じ取っていたし、彼自身も催していたから、すぐにも顔を寄せて唇を求めた。

口を重ね合うと、心地よい感触とともに甘く濃厚な吐息が熱く彼の鼻腔を満たしてきた。

どちらからともなく舌を出し合い、ねっとりとからめると、温かな唾液が彼の口に流れ込んできた。

「アア……、美味しい……」

美謝は感極まったように呟き、手を伸ばして布団を広げると、その上に彼を押し倒してきた。駿介も仰向けになって、なおも美女の口を吸い、かぐわしい息で鼻腔を刺激されながら、生温かく注がれる唾液で喉を潤した。

彼女も貪るように彼の舌を強く吸い、ぐいぐいと口を押しつけてきた。

そして互いの口の中を激しく舐め回しながら、それぞれ袴の前紐を解いて脱ぎはじめていった。

ようやく顔を上げると、唾液が淫らに糸を引いて、互いの口を結び合った。

二人は手早く全裸になり、先に美謝が上になって彼の肌を舐め回した。たまに彼女は自分から乳首を駿介の口に押し当てた。

彼も下から吸い付き、顔中に押し当てられる柔らかな膨らみと、甘ったるい肌の匂いに噎せ返った。

今日も午前中、美謝は藩内の道場で荒稽古をしたようで、胸元も腋もじっとりと汗に湿って、何ともかぐわしい匂いを放っていた。

「陰戸を、顔に……」

両の乳首を吸い、色っぽい腋毛の煙る腋の下も充分に舐めたり嗅いだりしてから駿介が言うと、すっかり興奮を高めている美謝はすぐにも身を起こして彼の顔に跨ってきてくれた。

顔の左右に白く張りのある内腿が広がり、熱気と湿り気を放つ股間が鼻先に迫ってきた。濃く色づいてはみ出す陰唇は露を宿し、奥の柔肉が迫り出すような蠢きを繰り返していた。

駿介は両手で彼女の腰を抱き寄せ、中心部に顔を埋めた。柔らかな恥毛に鼻を埋めると、悩ましい体臭が馥郁と鼻腔を掻き回し、舌を伸ばすと淡い酸味の蜜汁がとろとろと大量に滴ってきた。

「アア……」

完全に彼の顔に座り込みながら、美謝が顔をのけぞらせて喘いだ。

駿介は美女の濃厚な匂いに酔いしれながら割れ目内部を舐め、オサネにも吸い付いていった。

「き、気持ちいい……」

美謝は両膝をつき、ぐりぐりとこすりつけるように彼の顔に股間を当てて動かした。もちろん強く座らぬよう注意しているが、たまにオサネを吸われて力が脱け、ぎゅっと体重をかけてしまうこともあった。

駿介は膣口の奥まで舌を入れて掻き回し、突き立ったオサネも弾くように舐めてから、引き締まった尻の真下に移動していった。

薄桃色の肛門は僅かに肉を盛り上げ、細かな襞を収縮させて、何とも艶めかしい形状をしていた。

鼻を埋め込むと、両頬に丸い尻が吸い付くように密着した。

秘めやかな匂いが鼻腔を刺激し、舌を這わせると襞の震えが伝わってきた。くすぐるように舐め、内部にも舌先を潜り込ませて、微妙な味わいと感触のある粘膜を心ゆくまで堪能した。

すると、充分に肛門を舐めさせてから、美謝は自分から股間を移動させ、再びオサネを彼の口に押しつけてきた。

「そこ……、もっといっぱい舐めて……」

美謝が、引き締まった腹部をひくひく震わせてせがんだ。

駿介も舌先をオサネに集中させ、溜った蜜汁をすすりながら念入りに愛撫してやった。

「アア……、いいわ、いきそう……。今度は、私が舐めてあげます……」

美謝はうっとりと目を閉じながら言い、絶頂を拒むように懸命に彼の顔から股間を引き離していった。

「顔が、私のお汁でびしょびしょ……」

添い寝しながら美謝は囁き、淫水にまみれた彼の顔中に舌を這わせてきた。

駿介も、美女の吐息と舌のぬめりを顔中に受けてうっとりとなった。

すると、その時である。

「きゃっ……！」

気丈な美謝が悲鳴を上げ、思わずびくりと顔を引き離した。

駿介も驚いて目を見開いた。

何と、仰向けの駿介を真ん中にし、美謝とは反対側に鞘香が来ていたのである。

「ひ、姫様……、一体いつの間に……」

美謝が驚きに胸を押さえながら、吐息混じりに言った。

鞘香は髪を下ろして束ね、柿色の短い袖無し羽織を着ていた。

「美謝が、私の行ないを心配ばかりしていたからな、案ずることはないと言いに来たら、二人で始めてしまったものだから、私も」

鞘香が悪戯っぽい笑みを浮かべて言い、たちまち自分も帯を解いて全裸になってしまった。

「可哀想に。美謝の淫水でこのようにされて」

添い寝した鞘香は囁きながら、駿介の頬を舐め回してくれた。

「さあ、美謝も一緒に」

鞘香が手を伸ばすと、恐縮していた美謝も再び顔を寄せ、恐る恐る駿介の頬に舌を這わせてくれた。そして鞘香が美謝の頭を抱き寄せ、次第に二人は同時に駿介に唇を重ねてきた。

「ああ……」

彼は、あまりの快感にうっとりと声を洩らした。

右からは美謝が、左からは鞘香が顔を押しつけ、それぞれの蠢きで舌を這わせてくれるのである。二人の舌が同時に彼の口を舐め、競い合うように内部に差し入れられてきた。

美謝の、花粉のように甘い息と、鞘香の野趣溢れる甘酸っぱい果実臭の息が混じり合い、それは何ともかぐわしく艶めかしく駿介の鼻腔を刺激してきた。

美女たちの吐息と唾液に、顔中の蜜汁は舐め取られても、さらなる湿り気が加えられた。

そして混じり合った唾液も、生温かくとろとろと彼の口に注がれてきた。小泡の多いそれは何とも心地よく彼の喉を潤し、それぞれに微妙に感触の違う舌が彼の口の中を舐め回した。

美謝も、いつしか興奮を甦らせ、この二人がかりの愛撫に熱中し始めた。

鞘香が舌を移動させると、美謝も顔の反対側を同じように舐めた。それは駿介の頬や瞼、鼻の穴にも及び、さらに耳の穴にも舌先がぬるっと潜り込んできた。

彼は顔中美女たちの唾液にまみれ、その甘酸っぱい匂いに今にも暴発しそうになってしまった。

やがて二人の唇と舌は、駿介の首筋をたどって両の乳首に下りてきた。

四

「ああ……、なんと、心地よい……」

左右の乳首を吸われ、駿介は快感に喘いだ。

鞘香も美謝も、彼の胸を熱い息でくすぐりながら乳首にちろちろと舌を這わせ、音を立てて吸い付いてくれた。

「あうう……、どうか、嚙んでくださいませ……」

駿介が言うと、二人は同時に口を開いて、白く綺麗な歯で両の乳首を挟んでくれた。そして小刻みにこりこりと嚙みしめられ、彼は甘美な痛み混じりの快感に身悶えた。

さらに二人は、駿介の胸や腹、脇腹まで舌を這わせ、蛞蝓が這ったような唾液の痕を縦横に印し、なおも鋭利な歯をきゅっと肌に食い込ませてくれた。

美謝は、完全に鞘香に操られるように、ほぼ左右対称に彼の肌を愛撫した。まるで縦に半分ずつ、駿介の全身は、二人の美女たちに少しずつ食べられているようだった。

やがて二人の舌先は、交互に彼の臍を舐め、腰骨から太腿へ下り、足首までたどっていった。

「あ……、い、いけません。姫様、そこは……」

鞘香が足裏に舌を這わせてきたので、駿介は慌てて言った。

「構わぬ。私が好きでしているのだ」

鞘香は言い、なおも彼の左足を舐め、爪先にまでしゃぶりついてきた。すると美謝も止めようとはせず、彼の右足に同じようにしてきた。

「ああッ……！」

両足が、美女たちの清らかな口に含まれて駿介は喘いだ。指の間をぬらぬらと滑らかな舌が這い、爪先が温かな唾液にまみれるたび、彼の背筋を畏れ多い震えと、申し訳ないような快感が走った。

二人は厭わず全ての足指を吸ってくれ、やがて脚の内側を舐め上げてきた。

鞘香は彼を大股開きにし、内腿を舐めては歯を食い込ませ、鞘香も同じように愛撫してくれた。

そして両脚を浮かせると、先に鞘香が駿介の肛門に舌を這わせてきた。

「あう……、姫様……」

駿介は、足の裏を舐められる以上の畏れを覚えながら喘ぎ、ちろちろとくすぐるような舌の蠢きに悶えた。鞘香は充分に濡らしてから舌先をヌルッと押し込み、鼻息でふぐりを刺激しながら内部まで舐め回してくれた。

そして舌を引き抜くと、すぐにも美謝がぬるりと舌を押し込んできた。

「アア……！」

駿介は、きゅっと肛門を締め付けて美謝の舌を味わった。まるで二人の美女の舌に、代わる代わる犯されているようだ。

そして二人は充分に彼の肛門を愛撫してから脚を下ろし、ふぐりに舌を移動させてきた。とびきりの美女たちは頬を寄せ合って袋をしゃぶり、睾丸を一つずつ舌で転がしたり吸ったりした。

熱い息が混じり合って股間に籠もり、二人の鼻先で快感に肉棒がヒクヒクと上下に震えた。駿介は急所をひきちぎられるような思いで、何度かびくりと腰を浮かせて悶えた。

二人の舌は左右から同時に、とうとう一物の幹を這い上がってきた。

蠢く舌が亀頭に達し、二人は交互に鈴口から滲む粘液を舐め回し、今度は美謝がぱくっと亀頭を含んで吸い、すぽんと引き離すと、すかさず鞘香が喉の奥まで呑み込んでいった。

「く……！」

駿介は奥歯を噛みしめて暴発を堪え、呻きながら快感に身悶えた。

二人は代わる代わる含んで吸い付いては離し、激しく舌をからめてくれた。一物は混じり合った唾液にどっぷりと浸り、次第に限界が迫ってきた。

するると鞘香が顔を上げ、彼の口に乳首を押しつけてきた。駿介は吸い付き、鞘香の甘ったるい汗の匂いに酔いしれた。

突き立った乳首を舌で転がすと、彼女は自分からもう片方へと後退させ、充分に吸わせた。

「ここも……」

さらに鞘香は言って身を起こし、遠慮なく彼の顔に跨って陰戸を迫らせてきた。

その間、美謝は一人で一物をしゃぶっていた。

駿介は下から鞘香の腰を抱え、熱く濡れた割れ目に口を押しつけ、柔らかな茂みに鼻を埋め込んでいった。馥郁たる美女の体臭が刺激的に鼻腔を満たし、舌を這わせるたびに淡い酸味の蜜汁が彼の口に流れ込んできた。

「アア……、いい気持ち……」

鞘香がうっとりと喘ぎ、股間全体を彼の顔に押しつけて動かした。

駿介は必死に舐め回しながら鞘香の匂いと蜜汁を吸収し、もちろん尻の真下に潜り込んで秘めやかな微香を籠もらせる肛門にも鼻を埋め、舌を這わせて中にも潜り込ませた。

「あう……、い、入れたい……」

前も後ろも充分に舐められた鞘香が口走り、そのまま彼の身体に跨り、美謝をどかせて茶臼で交わってきた。美謝は横から彼に添い寝し、汗ばんで息づく肌を密着させてきた。

たちまち肉棒が鞘香の中に潜り込み、ぬるっとした心地よい摩擦と温もりが彼自身を包んだ。

「ああッ……！」

鞘香が喘ぎ、上から身を重ねてきた。そして最初から勢いをつけて腰を突き動かしてくる。彼女は駿介の心を読み、挿入の痛みよりは彼の快感を多く感じ取っているようだ。

駿介は高まり、下からも股間を突き上げはじめた。

しかし、途中で鞘香は動きを止め、ゆっくりと股間を引き離した。

「美謝の中で果てて。私は、二人の気をもらう……」

鞘香は言いながら反対側に添い寝し、美謝を引っ張り上げた。

「よろしいのですか。私が……」

美謝は言いながらも、激しい期待に目を輝かせていた。

続いて一物を跨ぎ、今度は美謝が茶臼で交接してきた。

どちらも締まりは良いが、やはり感触や温もりが微妙に異なり、駿介は暴発を堪えた。あまりに贅沢な快感が続いているが、やはり少しでも長く味わっていたかったのだ。

「ああ……、気持ちいい……。申し訳ありません、私ばかり……」

美謝が完全に駿介の股間に座り込み、きゅっと締め付けながら言った。そして腰を動かしながら身を重ねてきた。

駿介も股間を突き上げ、鞘香と違う摩擦の快感を味わった。

鞘香は横から顔を寄せ、駿介に口づけし、さらに美謝の顔も抱き寄せて三人同時に舌をからめた。

駿介と美謝の息が熱く弾み、鞘香も二人の快感を吸収するように喘いでいた。鞘香はいつしか彼の手を取り、自分の陰戸を探らせていた。

彼は下から美謝を抱いて股間を突き上げ、さらにもう片方の手で鞘香のオサネをいじりながら高まっていった。しかも舌をからめている美女たちの、混じり合った唾液と吐息のかぐわしさに、いくらも我慢できなかった。

「く……!」

たちまち突き上がる大きな絶頂の快感に、駿介は呻きながら昇り詰めた。

ありったけの熱い精汁を勢いよく柔肉の奥にほとばしらせると、

「アァッ……！　い、いく……！」

噴出を受け止めながら、同時に美謝も声を上ずらせて気を遣った。互いにガクガクと狂おしく腰を使いながら絶頂を嚙みしめていると、さらに鞘香まで気を遣ったように全身を痙攣させはじめた。

「き、気持ちいい……、アアーッ……！」

鞘香も声を上げて肌を二人に密着させ、陰戸をいじる駿介の指を蜜汁でぬるぬるに濡らした。

やがて最後の一滴まで出し切り、動きを弱めながら力を抜いていくと、彼の上で美謝も肌の硬直を解き、ぐったりと体重を預けてきた。

鞘香も痙攣を治め、満足げに肌をくっつけたまま荒い呼吸を繰り返した。

駿介は美謝の内部で、いつまでもヒクヒクと肉棒を脈打たせ、美女たちの混じり合った甘酸っぱい吐息を嗅ぎながら、うっとりと快感の余韻に浸り込んだ。

これほど贅沢な快感が得られるのは、江戸中でも自分だけだろう、と駿介は思った。何しろ一人は姫君、もう一人は男装の美人武芸者だ。

「ああ……、良かった……」

鞘香が吐息混じりに小さく呟き、もう一度駿介の口に舌を這わせてきた。

美謝も、すっかり力尽きたように重なったまま、いつまでも彼の耳元で熱い呼吸を繰り返していた。

五

「殿から手紙が来ているぞ」

篠山家へ戻ると、久々に帰宅した佐兵衛が言い、書状を渡してくれた。

駿介は恭《うやうや》しく受け取り、主君正隆からの手紙を開いた。それには、そろそろ江戸も堪能しただろうから、小田浜へ戻ってこいと書かれていた。やはり駿介がいないと、藩校の気もゆるんでいると言うのである。

「何と書かれていた」

「は、小田浜へ戻って参れと」

「そうか。せっかく江戸に馴染んできたであろうに、残念だが殿のお言いつけなら帰らずばなるまい」

「はい」

「ならば、その旨《むね》をご家老に報告してくるからな、明日にでも藩邸へ来てくれ」

「承知いたしました」

駿介が答えると、佐兵衛は夕餉も取らずに、またすぐ藩邸へと戻っていってしまった。貴絵も拍子抜けしただろうが、主君からの手紙であるから、その報告を家老にするのも仕方がないことである。

結局、またいつものように駿介と貴絵は二人で夕餉を済ませ、戸締まりをして寝る仕度をした。

「小田浜へ帰られますか」

「はい。お世話になりましたが、一両日中には失礼することになると存じます」

貴絵が言い、駿介は名残惜しげに答えた。

小田浜には、鞘香も美謝もいない。しかし、多くの女体を知って快楽にも目覚めたのだから、すっかり女の扱いにも自信を持ちはじめている。これなら小田浜へ帰っても、すぐに誰かと良い仲になれることだろうと思った。

「左様ですか。ならばどうか今宵もここで……」

貴絵が、寝巻き姿で彼を誘ってきた。

もちろん駿介も、佐兵衛が藩邸へ戻ってしまってから、急激に貴絵の淫気が高まったのを察していたので、すぐにもその気になってきた。

たちまち彼は裸に剝かれ、熟れた体臭の染みついた布団に横たえられた。

「ああ、可愛い……。でも名残惜しいです……」

同じように手早く全裸になった貴絵が覆いかぶさり、熱く息を弾ませて口を求めてきた。

ぴったりと唇が重なると、滑らかな舌がぬるっと潜り込み、甘く湿り気ある息の匂いと、ほのかな鉄漿《かね》の金臭い刺激が鼻腔をくすぐってきた。

貪り合うように舌をからめ、駿介は注がれるトロリとした唾液で喉を潤した。

彼女は充分に彼の口の中を舐め回すと、首筋を舐め下りて乳首を吸い、真下へと移動していった。

股間に熱い息が籠もり、濡れた口がぱくっと亀頭を含んで、喉の奥まで呑み込んでいった。

「ああ……」

駿介は快感に喘ぎ、貴絵の口の中で生温かな唾液にまみれながら最大限に膨張していった。彼女も執拗に舌をからめて吸い、すぽんと引き離してはふぐりをしゃぶり、何度となく肉棒を含んで吸った。

「も、もう……」

急激に限界の迫った駿介は腰を引いて身を起こし、入れ代わりに貴絵を仰向けにさせた。そして豊かな乳房に顔を埋め、熟《う》れ肌の匂いを嗅ぎながら乳首を舌で転がした。

「アア……、いいわ……」

貴絵が受け身に転じ、うっとりと身を投げ出しながら喘いだ。

彼は両の乳首を交互に含んで吸い、軽く歯を当てて刺激してから、腋の下にも顔を埋めて、腋毛に鼻をくすぐられながら濃厚な女臭を吸い込んだ。

そして肌を舐め下り、臍を舌でくすぐり、腰から太腿を舐め、足裏から爪先も念入りにしゃぶった。

「あうう……、また、そのような……」

貴絵は激しく身悶えながら言いつつ、やはり心地よいようで、何度も脚を震わせて喘いだ。

脚の内側を舐め上げ、駿介が股間に迫ると、すでに陰戸は大量の蜜汁が溢れてびしょびしょになり、悩ましい匂いと熱気を放っていた。

黒々とした茂みに鼻を埋め込み、隅々に籠もる甘ったるい汗の匂いと艶めかしいゆばりの香りを吸収しながら、彼は舌を差し入れていった。

淡い酸味の蜜汁が舌を濡らし、蠢く柔肉の感触が何とも心地よかった。

駿介は襞の入り組む膣口からオサネまで舐め上げ、脚を浮かせて豊満な尻の谷間にも鼻を埋め込んだ。秘めやかな微香を嗅ぎながら舌を這わせ、充分に肛門を濡らし、内部にもぬるっと舌先を潜り込ませた。

「く……、もっと……」

貴絵が息を詰め、肛門を収縮させて言った。もう淫らな行為や部分への抵抗も乗り越え、ひたすら快感を得たいようだった。

駿介は指を引き抜き、左手の人差し指を濡れた肛門にずぶりと押し込んだ。

さらに右手の二本の指を膣口に差し入れ、内部の天井をこすりながら再びオサネに吸い付いていった。

「ああッ……！　い、いきそう……」

たちまち貴絵が身を反らせ、声を上ずらせて喘いだ。膣内はきゅっきゅっと指を締め付け、潮を噴くように大量の淫水がほとばしった。

「お、お願い、入れて……」

貴絵が、このまま果ててしまうのを惜しむように、慎ましやかな武家の妻らしくもなく淫らにせがんできた。

駿介も、彼女の前後の穴からぬるっとそれぞれの指を引き抜き、股間から顔を引き離した。白く攪拌《かくはん》された蜜汁は白っぽく濁って指の間に糸を引き、肛門に入っていた指先も微かな匂いを付着させていた。

挿入しようと駿介が身を起こすと、何と貴絵は自分からうつ伏せになり、白く豊満な尻をこちらへ突き出してきたのだった。

「後ろ取り（後背位）ですか」

「ええ、後ろから入れて……」

駿介が言うと、貴絵が尻を淫らに振りながら答えた。おそらく前から試してみたくて、佐兵衛には言えなかった体位なのだろう。

彼も承知し、膝をついて身を起こしながら股間を進めていった。

淑《しと》やかだが、気位の高そうな貴絵が四つん這いになり、完全に無防備な体勢を取っている姿は何とも興奮をそそった。大量の淫水が湧き出し、白くむっちりして内腿までぬめぬめと濡らしていた。

急角度にそそり立った一物に指を沿え、先端を後ろから膣口に押し当てると、貴絵の白い尻がビクッと期待に震えた。

位置を定め、彼はゆっくりと挿し入れていった。ぬめりが充分なので滑らかに吸い込まれてゆき、肉襞の摩擦が心地よく幹を刺激してきた。

「あう……！」

貴絵が汗ばんだ白い背中を反らせて呻き、根元まで潜り込んだ肉棒をきゅっときつく締め付けてきた。駿介は股間を押しつけ、丸く当たって弾む尻の感触をうっとりと味わった。

腰を抱えて何度か前後に動くと、くちゅくちゅと淫らに湿った音が響き、さらに豊満な尻がうねうねと艶かしく蠢いた。彼が調子をつけて律動すると、貴絵も尻を前後させて動きを合わせてきた。

駿介は快感を高めながら貴絵の背に覆いかぶさり、両脇から手を回し、たわわに実って揺れる乳房をわし摑みにした。

「い、いく……、もっと乱暴にして……、ああーッ……！」

貴絵が上ずった声を絞り出すと同時に、ガクガクと全身が狂おしい痙攣を開始した。膣内の収縮も最高潮になり、その絶頂の波に呑み込まれるように、続いて駿介も気を遣った。

激しく律動すると、肌のぶつかる音のみが響き、彼は大きな快感に身悶えながら熱い大量の精汁をどくどくと注入した。

「あ、熱い……、もっと出して……」

噴出を感じ取りながら貴絵が突っ伏したまま口走り、駿介も最後の一滴まで心おきなく出し尽くした。

動きを止めて余韻に浸っても、股間に密着して息づく豊満な尻の丸みが何とも心地よく、彼の勃起はいつまでも治まらなかった。駿介は挿入したまま彼女を横向きにさせ、下になった脚を跨いで内腿で挟み、上になった脚に両手でしがみついていった。

股間のみならず、内腿や下腹全体の密着感が高まり、貴絵も感じたように再び身悶えはじめた。駿介も律動を再開させ、濡れた襞に摩擦されるうち元の硬度を取り戻した。

「アア……、また身体が宙に……、もっと突いて、奥まで……」

貴絵が声を震わせて言い、下腹を波打たせた。

駿介も本格的に立て続けの二度目に入り、そのまま彼女を仰向けにさせてのしかかっていった。

やはり色っぽく喘ぐ顔を眺め、甘い吐息を感じながら果てたかった。

後ろ取りから本手（正常位）へと移行してゆきながら、駿介は激しく腰を突き動かした。

「ああ……、またいく……！」

貴絵は、身を重ねた駿介にしがみつきながら股間を跳ね上げて口走った。そして彼も、熱く甘い吐息に刺激されながら、熟れ肌の上で二度目の絶頂を迎えていったのだった。

第六章　女体遍歴よいつまでも

一

「今日、あの下手人が市中引き回しにされるようです」

手習いの手伝いを終え、駿介が千穂を送っていくと彼女が歩きながら言った。

「見たいかい？」

「いいえ。そんなの見たくありません」

「そうか。そうだよな。私も見たくなどない」

駿介は答え、また千穂を待合いに誘った。彼女も、それが当然のようにして、ためらいなく従ってきた。

「実は、明日にも小田浜へ帰ることになったのだ」

奥の密室に入ると、駿介は切り出した。

「そうですか……。いつまでも、ずっと江戸にいらっしゃるとは思っていませんでしたが、そんなに早く……」

千穂が、寂しげに俯いて言った。

「ああ、私も残念だが、殿の言いつけだからな」

駿介は大小を置き、袴を脱ぎながら言った。そして千穂の帯も解きはじめると、彼女は途中から自分で脱ぎはじめた。

千穂も、いずれ近々所帯を持つだろうが、駿介を最初の男として、ずっと忘れることはないだろう。

やがて互いに全裸になると、先に駿介は仰向けになった。

「跨いでくれ……」

「まあ……、また、そのようなことを……」

言うと、千穂が尻込みして答えた。誰もいない二人きりの部屋でも、やはり武士を相手に大胆なことをするのは気が引けるのだろう。

もちろん駿介は諦めず、彼女の手を引っ張った。

「さあ、先に足の裏を顔に」

言いながら足首を摑み、強引に顔まで引き寄せてしまった。

「あん……、駄目です、こんなこと……」

千穂がとうとう彼の脇にぺたりと座り込み、片方の足裏を顔に載せさせられながら声を震わせた。

駿介は指の股の蒸れた匂いを嗅ぎながら舌を這わせ、爪先にもしゃぶりついた。

やはり、足裏はまず舐めなければ気が済まない場所である。

「アァッ……、汚いのに……」

千穂は朦朧となりながら身悶え、さらにもう片方の足もしゃぶられて喘いだ。

駿介は美少女の足の味と匂いを堪能し、そのまま顔を跨がせ、腰を抱き寄せていった。

千穂も、内腿を震わせながら仰向けの彼の顔に跨り、愛らしい陰戸を迫らせてきた。大股開きでしゃがみ込んだため、はみ出した陰唇が開いて奥の柔肉が見え、ねっとりとした清らかな潤いも認められた。

彼は引き寄せて鼻と口に股間を密着させ、柔らかな若草に染みついた悩ましい匂いを吸収した。

「ああ……、何ていい匂い……」

「ああッ、嘘です、そんなの……」

千穂が激しい羞恥に腰をくねらせ、生ぬるい汗とゆばりの匂いを揺らめかせた。

駿介は鼻をこすりつけて嗅ぎ、舌を差し入れていった。ぬるっとした蜜汁にまみれた柔肉を舐め回すと、舌を伝って大量のヌメリが彼の口に流れ込んできた。

「あう……」

オサネを舐め上げると千穂が声を上げ、思わずぎゅっと彼の顔に座り込んでしまった。

駿介は膣内を掻き回すように舐めて感触と蜜汁を味わい、もちろん可愛い尻の真下にも潜り込み、秘めやかな匂いの籠もる蕾にも鼻を押しつけた。そして顔中にひんやりした丸い尻を受け止めながら舌を這わせ、細かに震える襞と内部の粘膜まで味わった。

そして舌を出し入れさせるように蠢かせてから、新たに溢れた蜜汁をすすり、再びオサネに吸い付いていくと、

「アア……、も、もう……」

千穂は気を遣りそうに声を上ずらせながら、彼の顔の上に突っ伏してきた。

やがて前も後ろも充分に舐め尽くし、千穂がヒクヒクと肌を震わせ始めると、よ

うやく彼は股間から這い出し、横向きになった千穂の胸に添い寝していった。

甘ったるい汗の匂いに包まれながら、薄桃色の乳首を吸い、膨らみを優しく揉むと、彼女もぎゅっと彼の顔を胸に抱きすくめてきてくれた。

こりこりと固く突き立った乳首を左右とも味わい、腋の下にも顔を埋めてじっとり汗ばんだ芳香を嗅いだ。

和毛に鼻をこすりつけ、汗ばんだ腋の窪みにも舌を這わせると、千穂はくすぐったそうに身悶え、さらに濃い体臭を漂わせた。

そして駿介は仰向けになりながら千穂の身体を押し上げ、荒い息をついている顔を股間へと押しやった。

彼女も素直に口を寄せ、熱い呼吸で恥毛をくすぐりながら、先端を舐め回してくれた。滑らかな舌が亀頭に這い回り、ちろちろと舌先が鈴口を刺激した。

「ああ……、気持ちいいよ、とっても……」

駿介が受け身になってうっとりと言うと、千穂も喜ぶように舌の動きを活発にさせてきた。やはり武士の顔を踏んだり跨いだりするより、自分が行動する方がずっと気が楽なのだろう。

彼女は可憐に蠢く舌で幹の裏側からふぐりまでしゃぶってくれ、二つの睾丸を転がしては、優しく吸い付いてくれた。

充分に袋全体を温かな唾液にまみれさせると、彼女は再び肉棒を舐め上げ、今度は丸く開いた口でスッポリと喉の奥まで呑み込んできた。

温かく清らかな口腔に包まれ、内部で唾液に浸った一物が歓喜に打ち震えた。

千穂は無邪気におしゃぶりをし、笑窪の浮かぶ頬をすぼめて強く吸い上げた。

やがて限界が迫ってくると、駿介は彼女の口を離させ、手を引いて一物を跨がせていった。

千穂は素直に跨り、先端を陰戸にあてがうと、ゆっくりと腰を沈み込ませて受け入れていった。

「ああン……！」

ぬるぬるっと一気に肉棒が根元まで潜り込むと、千穂は目を閉じて喘いだ。

互いの股間がぴったりと密着し、彼女は完全に座り込みながら身を重ねてきた。

駿介も抱き寄せて肌をくっつけ、僅かに脚を立てて股間を突き上げはじめた。

「あう……」

千穂が呻き、自分からも腰を使いはじめた。大量に溢れた蜜汁が互いの股間を温かく濡らし、動きに合わせて湿った音を立てはじめた。

「痛くないかい？」

「ええ……、気持ちいい……」

囁くと、千穂が健気《けなげ》に答えた。どうやら挿入感覚にも慣れ、痛みより快感を多く感じるようになってきたようだ。

駿介は美少女の甘酸っぱい息を間近に嗅ぎながら、次第に動きを速めていった。

「アア……、奥が、熱いです……」

千穂が喘ぎ、駿介は律動しながら彼女の顔を抱き寄せ、ぷっくりした口を舐め回した。彼女も舌をからめ、かぐわしい息を弾ませながら、惜しみなくたっぷりと温かな唾液を注いでくれた。

「い、いく……！」

駿介は、千穂の唾液と吐息を心ゆくまで吸い込みながら、とうとう絶頂の快感に全身を貫かれてしまった。口走りながら股間をぶつけるように荒々しく突き上げ、熱い大量の精汁をどくどくと内部に放った。

「あう……、か、感じる……」

千穂が声を上げ、噴出を感じ取ったように肌を強ばらせた。そして、きゅっきゅっと精汁を飲み込むように膣内を収縮させ、小刻みな痙攣を開始した。

まだ不完全ではあるが、気を遣る兆《きざ》しは充分に感じられたようだった。

駿介は、彼女の成長と開発を悦びながら、心おきなく中に最後の一滴まで出し尽くした。もう一歩で、何もかも大きな絶頂を得ることが出来るだろうから、その中途で江戸を去るのが惜しくなるほどだった。

ようやく動きを止めると、千穂も力を抜いてぐったりと彼に体重を預けてきた。

駿介は彼女の温もりと重みを受け止め、まだ締め付けている膣内で一物を脈打たせながら、うっとりと快感の余韻に浸り込んだ。

千穂は彼の耳元で荒い呼吸を繰り返していたが、やはり遠慮してすぐ駿介の上から下りようとした。それを彼は抱き留めて重なったまま、美少女の甘酸っぱい吐息で鼻腔を満たし、いつまでもそうしていた。

「重くありませんか……」

「ああ、この方が嬉しいのだ。もう少しこのままで」

千穂の囁きに駿介は答え、何度となく彼女の口を吸っては柔らかな舌を探った。

「また、お目にかかれるのでしょうか……」

彼女も舌をからめていたが、やがて近々と顔を寄せたまま囁いた。

「ああ、江戸と小田浜は近いからな、一日半もあれば往き来できるのだから、また必ず江戸へ来る。そうしたら会おう」

「はい、ぜひ……」

千穂が答え、ようやく股間を引き離してきた。駿介は、彼女が泣いたりせず、また会えることを楽しみに笑みを浮かべてくれたことが大きな救いとなった。

二

「雨が降ってきましたね」

美謝が、侍長屋の窓から外を眺めて言った。

「ええ……」

駿介も、重く垂れ込めた雲を見上げ、軒を叩く雨音を聞いた。

「浩次郎に殺された娘たちの涙かも」

美謝が言う。彼女は、細田浩次郎の処刑を見物してきたようだった。興味本位ではなく、関わったことなので最期まで見届けたのだろう。

「長雨になるかも知れません。小田浜への出立は少し伸ばしたらいかがですか」

「はあ、何日までに戻れと言われたわけではありませんので、少しの間なら伸ばしても構わないと思うのですが、しかし滞在が長引くと未練が募《つの》ります」

駿介は答えた。

今度会ったとき、千穂は新造になっているかも知れない。

「美謝様は、婿を取らないのですか」

「特に、考えておりません。何やら私も、一緒に小田浜へ行きたい気持ちです」

美謝は言って脇差を抜き、敷かれた布団に大の字になって伸びをした。

「ご一緒できたら、こんなに嬉しいことはありません」

駿介は答えて添い寝し、甘えるように彼女に腕枕してもらった。

「ええ、鞘香様にご相談すれば、何か用事を言いつけてくれるかも知れませんね」

美謝は言い、優しく彼を胸に抱いてくれた。

駿介は、彼女の胸元や腋から漂う甘ったるい汗の匂いを感じながら、美謝の心根を読んでみた。すると、ちょうど世間話を終わらせ、欲望が前面に出てきたところだった。

駿介がそっと彼女の胸に手のひらを這わせると、美謝もこちらを向き、彼に顔を迫らせてきた。

「アア……、可愛い……」

美謝は熱く甘い息で囁くと、舌を伸ばして彼の鼻の頭に触れた。そして鼻筋から額まで舐め上げ、大きく口を開いて頬の丸みにそっと歯を立ててきた。

千穂を相手のときと違い、美謝の場合は最初から最後まで受け身になれるのが心地よかった。

「ああ……、もっと強く……」

駿介は激しく勃起しながら言い、甘美な痛みに身悶えた。

しかしさすがに美謝は痕がつくほど噛んではくれず、そのまま口を移動させて、彼の鼻の穴を舐め、甘くかぐわしい息を惜しみなく与えてくれながらぴったりと唇を重ねてきた。

美謝は彼の唇もきゅっと噛み、食べているようにモグモグ動かしながら、ようやく舌を潜り込ませてきた。歯並びを舐められ、駿介も前歯を開いて舌を触れ合わせていった。

彼女は貪るように強く吸い、ぐいぐい口を押しつけながら激しく彼の口の中を舐め回した。駿介は熱く甘い吐息に酔いしれ、柔らかく滑らかな舌の感触と唾液のヌメリにうっとりとなった。

長く舌をからめ、ようやく美謝は唾液の糸を引いて口を離した。

そして身を起こし、あらためて互いに袴と着物を脱ぎはじめていった。

今日は鞘香は小田浜から来ている商人たちに招かれ、観劇のち日本橋で会食があるから藩邸にはいなかった。

二人とも全裸になると、美謝がいきなり彼の股間に顔を埋め込んできた。

屹立した肉棒にしゃぶりつき、熱い息を股間に籠もらせながら強く吸い上げた。

「ああ……」

駿介は、いきなり激しい快感に包まれ、腰をよじって喘いだ。

美謝は亀頭を貪り、吸いながらすぽんと引き抜いては、柔らかな乳房を一物にこすりつけたり、ふぐりを舐め回したりした。

駿介も彼女の下半身を求め、仰向けのまま顔を跨がせた。美謝は素直に女上位の二つ巴になり、彼の顔に陰戸を押しつけてきた。

彼は密着する肌の温もりと感触を受け止めながら、美謝の茂みに顔を潜り込ませた。濃い汗の匂いが馥郁と鼻腔に染み渡り、さらに割れ目からは淡いゆばりと蜜汁の熱気が漂っていた。

充分に悩ましい匂いを堪能してから、駿介は割れ目に舌を這わせ、はみ出した陰唇に吸い付いた。ねっとりとした蜜汁が大量に溢れ、光沢を放つオサネも愛撫を待つように突き立っていた。

駿介はオサネに舌を這わせ、もがく腰を抱え込みながら、さらに伸び上がって白く丸い尻の谷間にも鼻を埋め込んでいった。秘めやかな匂いを嗅ぎながら舌を桃色の蕾に這わせ、中にもぬるっと潜り込ませた。

「ンンッ……！」

その間も美謝は肉棒を喉の奥まで含んで吸い、激しくしゃぶりながら快感に呻いた。なおも駿介が美謝の前と後ろを激しく舐めると、

「やめて……、気がそぞろになる……」

彼女は口を離して言い、駿介の顔から股間を引き離してしまった。そしてあらためて彼の股の間に腹這いになって陣取り、肉棒にしゃぶりついてきた。

どうやら二つ巴で舐め合うと、集中力が削がれるらしい。今は、それほど懸命に肉棒をしゃぶりたいのだろう。鞘香の許しが出なければ、これで暫《しば》しの別れとなるからだ。

彼女は喉の奥まで呑み込み、さらにふぐりまでくわえ込むほどに顔を押しつけてきた。先端は喉の奥のぬるっとした柔肉に触れ、口の中には大量の唾液が満ちて一物を温かく浸した。

そして裏側を舌が這い回り、熱い鼻息が下腹を刺激した。

美謝は顔全体を上下させ、すぽすぽと濡れた口で摩擦を開始し、いよいよ駿介も危うくなってきた。

「み、美謝様……、もう……」

降参するように駿介が警告を発すると、すぐにも美謝は口を離して身を起こし、一物に跨ってきた。やはり口中に出されて飲むよりは、一つになって快感を分かち合いたいようだった。

幹に指を添えて先端を膣口に押し当て、感触を味わいながら彼女はゆっくりと座り込んできた。唾液に濡れた一物は、ぬるぬるっと滑らかに柔肉の奥へと呑み込まれてゆき、熱いぬめりに締め付けられた。

「アアッ……！」

美謝は顔をのけぞらせて喘ぎ、まるで厠にしゃがみ込んだような格好のまま、股間を上下させた。屈強な女武芸者ならではの足腰があるから出来、疲れより快感の方が大きいのだろう。

その摩擦快感は何とも心地よく、深々とした密着感も得られた。

彼女の股間が上下するたび、白っぽく濁った粘液にまみれた肉棒が見え隠れし、くちゅくちゅと卑猥《ひわい》に湿った音が響いた。

やがて美謝は左右に両膝をつき、今度はぐりぐりと股間を押しつけてから、ようやく身を重ねてきた。そして伸び上がるようにして、彼の顔に柔らかな乳房を押しつけてきた。

「むぐ……」

駿介は心地よい窒息感に呻き、顔中を汗ばんだ肌に覆われながら懸命に乳首を吸った。乳に似た甘ったるい汗の匂いが鼻腔を掻き回し、舌の動きに硬くなった乳首が唾液に濡れて震えた。

左右とも均等に舐め回し、さらに腋の下にも顔を埋めて充分に美女の体臭を吸い込んで顔を離すと、美謝が彼の肩に腕を回し、再び口を重ねて舌をからめながら、本格的に腰を使いはじめた。

「ク……、ンン……」

駿介は激しい快感に呻きながら美謝の舌を吸い、生温かな唾液で喉を潤しながら下からも股間を突き上げはじめた。

「ああ……、い、いく……」

口を離して股間を突き上げると、そのまま駿介は昇り詰めてしまった。同時にありったけの精汁が勢いよく美謝の肉壺の奥を直撃し、彼は快感に身をよじった。

「アアーッ……！」

美謝も噴出を受け、気を遣りながら声を上げた。膣内の収縮も激しくなり、彼女は全身を震わせて悦びを表わし、痙攣している間じゅう彼の鼻や口を舐め回し続けていた。

ようやく最後の一滴まで出し切り、駿介が動きを止めると、美謝も全身の硬直を解いてぐったりと身を預けてきた。

駿介は、彼の顔に口を当てて喘ぐ美女の、かぐわしい唾液と吐息の匂いに酔いしれながら、うっとりと快感の余韻に浸り込んだ。

「み、美謝様……、私と一緒になることは無理でしょうか……」

息を弾ませながら、駿介は美女に組み敷かれながら言った。

「え……？」

美謝が、意外そうに目を向けて訊いてきた。

「確かに私たちは、それぞれの家名を背負った最後の一人です。まして私は、美謝様より七つ八つ年下ですが、殿に相談すれば何とか……」

「それは……、年や家名のことを別としても、御免被《こうむ》ります……」

美謝が、きっぱりと答えた。

「そうですか……」

「夫婦でないから、これほど心地よいのですよ。ともに暮らせば、肉親の情が先に立ち、淫気は薄れましょう」

淫気の解消のみでこうしているとしたら、それは空しいかも知れない。しかし、だから心地よいというのは理解できた。

「でも私は、美謝様が好きで堪りません……」

「ならば、夫婦は無理でも、弟のように思ってあげましょう。私たちは姉弟で、このように道に外れたことをしている。その方が燃えるでしょう」

美謝が言い、もう一度口吸いをしながらキュッと一物を締め付けてきた。

駿介もそれで納得し、幹を脈打たせながら彼女の舌を吸った。

三

「長雨になるかも知れぬが、明朝発つか」

雨音に耳を澄ませてから、佐兵衛が駿介に言った。

篠山家で夕餉を囲み、今宵は酒も飲んでいたところだった。今日は佐兵衛も藩邸から戻り、久々に自宅で過ごすようだ。

「はい、そのつもりでおります。大変お世話になりました」

「ああ。短い間だったが、娘たちの拐かし解決の一端を担ったのだ、良い土産話となろう」

佐兵衛は満足げに言った。あの件は、鞘香の存在が秘されていたため、駿介と美謝が解決したように風聞されてしまったのである。

やがて駿介は、もう一度夫婦に辞儀をしてから離れへと下がっていった。

そして荷をまとめてから床に横になった。今日は昼間、千穂と情交し、さらに美謝とも濃厚な行為に耽った。しかし、まだまだ身体の芯は火照り、淫気は治まることがなかった。

『さあ、どうか、今宵は……』

母屋から貴絵の想念が、駿介の頭の中に流れ込んできた。

貴絵は相当に淫気を覚えているようだ。本当は駿介としたいのだろうが、まさか佐兵衛が在宅の時にするわけにも行かないし、昨夜はじっくり互いの肌を貪り尽くし、別れの儀式は済んでいた。

佐兵衛も拒みきれず、とうとう応じはじめたようだった。彼も、情交が嫌いで堪らぬというのではない。単に、朝夕に顔を付き合わせている妻に淫気が湧かないだけだ。

それでも互いに肌を密着させれば、男の本能で勃起はしてきたようだ。

口吸いをし、佐兵衛は貴絵の乳房をいじり、陰戸にも指を這わせ、濡れていることを確認した。

そしてすぐにも佐兵衛は貴絵にのしかかり、挿入しようとした。

実に呆気ない行為であるが、これが武家の夫婦による通常の行為なのだろう。

『も、もうですか……』

『もうとは何だ。他に何かするのか』

『い、いえ……』

貴絵が物足りなげに言ったが、結局挿入して身を重ねてくる佐兵衛を受け入れたようだ。確かに駿介との情交を体験してしまったら、これでは詰まらないに違いない。しかし明日から駿介もいなくなるのだ。この夫婦は今後とも、このように上手くやっていくしかないだろう。

駿介は、貴絵が少し気の毒になりながらも、やがて想念を遮断して眠りに就こうとした。

すると、その時である。

「あ……！」

部屋の中に、鞘香がスッと下り立った。天井の片隅から降りてきたようだ。

『ひ、姫様……、雨の中を……？』

『ああ、お前に会いたくて堪らなかった。明日は発つというからな』

鞘香は、いつもの素破の格好だ。手拭いで濡れた髪を拭き、手甲脚絆を取り去った。そして母屋を慮り、声を出さずに会話した。

彼女は帯を解いて脱ぎ、足袋まで脱ぎ去った。それほど雨に濡れてはおらず、身体も冷えていなかった。むしろほのかな湯気が立つほど肌が火照り、甘ったるい汗の匂いが室内に立ち籠めた。

駿介は、彼女の素早い移動と忍びの術に驚く以上に、姫君が自分に会うため雨の中を来てくれたというだけで、涙が滲むほどの感激を覚えた。

『美謝と一緒に行きたいか、小田浜へ』

一糸まとわぬ姿になりながら、鞘香が唐突に言った。

『は……、いえ……』

『構わぬ。しばらくの間、小田浜城の道場で藩士を鍛えてやれとでも命じることにしよう。私も行きたいが、そうもゆかぬ』

『有難う存じます……』

駿介も、全裸になってから深々と鞘香に辞儀をした。

『だが、美謝は多情だ。特に初物の男には目がないからな、悋気を抱かず、お前も他の女たちに広く目を向けよ』

『承知いたしました』

彼が答えると、鞘香は彼の手を握り、布団に添い寝してきた。

唇を重ねると、心地よく濡れた弾力と果実のように甘酸っぱい息の匂いが感じられた。

江戸の最後の夜、大人しく寝ようと思っていたが、最も会いたかった鞘香に会えて、駿介は激しく勃起してきた。

何といっても、駿介にとって鞘香は光り輝く姫君であると同時に、最初の女なのである。その美しい顔も身体も、感触も匂いも全てが最高に思えるのだった。

彼女の長い舌が潜り込み、遊び回るようにちろちろと彼の口の中を蠢いた。

駿介は、甘酸っぱい吐息に酔いしれ、トロリとした唾液で喉を潤しながら舌をからめていった。

口を離して言葉を発しなくても、望むことをふと思い浮かべるだけで、鞘香は不可能な要求でない限り、すぐに叶えてくれた。不可能というのは、つい駿介が妄想で、一寸（三センチばかり）の身長に縮小し、身体ごと鞘香の口に入ってみたいというような突拍子もない思いだから、さすがに鞘香の淫法でも応じようがない場合である。

その代わり、もっと吐息が嗅ぎたいとか、唾液が飲みたいとか、優しく噛んで欲しいというような望みはすぐにも叶えてくれるのだった。

『実際にお前という男を知り、私の淫法もずいぶん研ぎ澄まされた』

舌をからめながら、鞘香が心中で囁いた。

『今宵は、もっと試してみたいことがある』

彼女は言い、ようやく口を離した。そして彼の左右の乳首を舐め、軽く噛んで刺激してから、一物にしゃぶりついてきた。熱い息が恥毛に籠もり、喉の奥まで含まれると温かな唾液が肉棒を心地よく浸した。

鞘香は、一通り舌をからめて濡らしただけで、すぐにも口を引き離してきた。

そして仰向けになって身を投げ出し、彼を起こした。

『舐めて……』

彼女が言い、駿介も屈み込んで鞘香の両の乳首を舐め、胸元や腋の匂いを充分に嗅いでから、今度は爪先をしゃぶって味と匂いを堪能した。彼にも、やはり愛撫の順序があるのだ。

そして最後に姫君の股間に顔を埋め、若草に籠もる濃厚な汗とゆばりの匂いを吸収しながら、割れ目内部に舌を這わせはじめた。息づく膣口と襞、柔肉とオサネを舐め回す。たちまち汗やゆばりの味が消え去って、淡い酸味の蜜汁がヌラヌラと全体に満ちていった。

『アア……、いい気持ち……、ここも……』

鞘香が自ら両脚を浮かせて抱え、大胆に襁褓《おしめ》でも替えるような格好になった。

駿介は、突き出された愛らしい尻に顔を寄せ、両の親指でむっちりと谷間を広げた。可憐な薄桃色の蕾がキュッと閉じられ、鼻を埋め込むと双丘がひんやりと顔中に密着してきた。

秘めやかな匂いがするので、鞘香は今日の外出を終えて藩邸に戻っても、うまくごまかして入浴しなかったのだろう。それは、生の匂いのする方が駿介が興奮を高めることを知っているからだ。また駿介は彼女の心根を思って感激した。

舌を這わせると、細かな襞が磯巾着のように収縮した。舌を潜り込ませると、滑らかな粘膜が締め付けてきた。

『指を入れて……』

言われて、駿介は充分に内部を舐めてから口を離し、指をずぶずぶと押し込んでいった。

「あん……」

鞘香が、実際に声を出して喘いだ。

『大丈夫ですか。痛かったら止めますので』

駿介は心の中で囁きながら、深々と挿入した指を奥で蠢かせた。狭いのは入り口周辺だけで、奥の方は案外自由に指を動かすことが出来た。

やがて充分に愛撫してから駿介は指を抜き、もう一度溢れた蜜汁をすすってオサネを舐め回した。

『入れて……』

鞘香が言い、彼も身を起こして股間を進めた。先端を陰戸の穴に押し当て、ゆっくりと挿入していった。よく締まる、温かく滑らかな膣内が心地よく一物を根元まで包み込んだ。

『そこではなく、お尻の穴に……』

鞘香が言い、駿介は興奮にどきりとした。

『よ、よろしいのですか……』

駿介は心配して言ったが、考えてみれば陰間は行なうことだし、これも鞘香の淫法完成に役立つことなのだろう。

彼は興奮に胸を高鳴らせながら、ゆっくりと一物を陰戸から引き抜き、大量の蜜汁にまみれた先端を、肛門へと押し当てていった。鞘香も、再び両脚を浮かせて抱え込んでいる。

駿介は呼吸を計り、ゆっくりと挿入していった。

四

「あう……！　もっと、奥まで……」

鞘香がまた声に出して呻き、駿介も根元まで押し込んだ。最も太い亀頭の雁首が入るときには、肛門が丸く押し広がって襞が光沢を放つほどピンと張りつめたが、あとは難なく入れることが出来た。

深々と挿入すると、下腹部に柔らかな尻の丸みが押し当たって弾み、何とも心地よかった。後ろ取り（後背位）で得る感触とも、また微妙に違っていた。

『大丈夫ですか。裂けでもしたら……』

『大事ない。突いて、中で果てて欲しい……』

駿介の問いかけに鞘香が答え、きゅっきゅっと味見するように肛門内部を収縮させてきた。

彼は様子を見ながら、小刻みに腰を前後に動かしてみた。

「く……、続けて……」

鞘香が脂汗を滲ませながらも、片方の手で乳房を揉みしだき、もう片方ではオサネをいじり始めていた。大量に溢れる蜜汁が二人の接点にまで流れ、しかも力の緩急にも慣れてきたように、動きが次第に滑らかになっていった。

彼女の心根を読んでみても、淫法修行の痛みばかりではない、何かしらの快楽も芽生え始めているようだった。

それにしても、この泰平の世に淫法を身に付けて何の役に立つのだろうかと疑問である。しかし鞘香は姫君である以前に素破なのだろう。脈々と受け継がれてきた得意技は、どうしても覚えたいという本能があるようだった。

『ああ……、姫様、果てそうです……』

律動するうち、駿介も心地よい摩擦に否応なく高まっていった。肉棒に感じる刺激以上に、姫君の肛門を犯しているという精神的な感慨も大きかった。これで駿介は、姫君の前も後ろも自分が初物を頂いたことになる。

たちまち大きな快感のうねりが押し寄せ、駿介は絶頂に達してしまった。

「く……！」

声に出して呻き、彼は熱い大量の精汁をどくんどくんと勢いよく鞘香の肛門内部に注入した。

『アア……、感じる。もっと出して……』

鞘香は、噴出を感じ取りながら言った。内部に満ちる精汁のぬめりに、動きがさらにぬらぬらと滑らかになった。

駿介は最後の一滴まで心おきなく出し尽くし、陰戸とは違った感触を存分に噛みしめた。

動きを止めると、鞘香も小さく気を遣ったように肌を震わせ、オサネから指を離した。しかしまだ異物感が抜けず、奥歯は噛みしめたままだった。

やがて内圧とぬめりにより、引き抜こうとしなくても一物が排泄されるようにぬるっと押し出されてきた。

「ああ……」

ようやく、ほっとしたように鞘香が声を洩らし、硬直を解いていった。

一物に汚れの付着はなく、僅かに肉を盛り上げて粘膜を覗かせていた肛門も徐々につぼまって元の可憐な形状に戻った。もちろん細かな襞にも一切の損傷は認められなかった。

『裏の井戸端で洗い、中も洗い流すためゆばりを放つと良い。さあ早く』

余韻に浸って添い寝しようとした駿介に、鞘香が言った。彼は頷き、そっと離れを出て裏の井戸端へと行った。念のため、母屋に想念を飛ばしてみたが、もう佐兵衛も貴絵も深い眠りに就いていた。仮に目を覚ましたとしても、雨音で聞こえないだろう。

駿介は水を汲み、股間を洗い、言われた通りゆばりも放ってから手拭いで拭き、離れの部屋へ戻っていった。

鞘香の心根は、まだ本当の満足は得ていなかった。やはり正規の交わりがしたいのだろう。もちろん駿介は、その思いに感応したように、すぐにもその気になっていった。

鞘香は、すぐにも一物にしゃぶりつき、さらに念を入れるように鈴口を舐め回して清めてくれた。

『姫様の出したものを下さいませ……』

駿介は仰向けになり、甘えるように言った。

『こうか……』

鞘香は言って顔を上げ、そのまま彼の顔に跨ってきた。素直にしゃがみ込み、まだ大量の蜜汁の溢れている陰戸を彼の口に押し当ててきた。

駿介は柔らかな茂みで鼻を覆われ、悩ましい体臭に噎せ返りながら激しい期待にむくむくと回復していった。

彼女は、他の誰よりもためらいなく、いくらも待つことなくゆばりを放ってくれた。駿介は口に受け止め、ほのかな匂いと味を堪能しながら夢中で喉に流し込んでいった。

さっき出した精汁が、鞘香のゆばりでたちまち何倍にも補充されていくようだった。もちろん鞘香は、彼が噎せ返らないよう少量ずつ出してくれた。

間もなく流れが治まると、駿介は余さず飲み干し、そのまま内部に残る雫をすすり、新たに溢れてきた蜜汁とともにオサネを舐めた。

「ああ……、気持ちいい……」

鞘香はうっとりと喘ぎ、腰を浮かせると、そのまま彼の身体の上を移動し、今度は茶臼で交接してきた。屹立した肉棒を、陰戸に深々と受け入れて完全に股間同士を密着させた。

「く……！」

駿介は心地よい肉襞の摩擦に呻き、股間に重みと温もりを感じて高まった。

鞘香もぐりぐりと腰を動かして肉棒を嚙みしめ、やはり肛門とは違う快感に目を閉じて息を弾ませていた。

やがて彼女は身を重ね、駿介の肩に腕を回して肌全体を密着させてきた。

彼も両手でしがみつき、股間を突き上げはじめた。

「いい……、もっと強く、奥まで突いて……」

鞘香が熱く囁き、動きに合わせて腰を使った。彼女も、千穂と同じく挿入快感にすっかり目覚め、相手の快楽に便乗しなくても充分に気を遣るようになっているのだった。

駿介は潜り込んで乳首を吸い、甘ったるい肌の匂いを嗅いでから彼女の口を求めた。鞘香もぴったりと唇を重ね、ねっとりと舌をからめながら惜しみなく唾液と吐息を与えてくれた。

彼は急激に高まり、それが伝わったように鞘香も小刻みな痙攣を開始していた。たちまち駿介は大きな絶頂の快感に全身を貫かれ、激しく股間を突き上げながらありったけの熱い精汁を柔肉の奥にほとばしらせた。

「ク……、ンンッ……！」

彼が昇り詰めると、鞘香も口を重ねながら熱く呻いた。

そして気を遣りながら、膣内が何とも艶かしい収縮を始めた。肉棒を奥へ奥へと吸い込むように蠢き、精汁を飲み込むように肉襞が亀頭をくわえ込んだ。

さらに鞘香の口から、大量の唾液と吐息が彼の体内に送り込まれてきた。

不思議なことに、精汁が尽きず快感が治まらないのだ。

鞘香の唾液を口移しに飲み込むたび、新たな精汁が作られ、延々と快感が循環しているようだった。

なるほど、永遠の快感というのが淫法の真髄なのかも知れない。

しかも鞘香と駿介は心が通じ合っているから、それぞれ互いの快感も伝わっているのである。

駿介は射精し続けながら、あまりの快感の持続に恐怖さえ覚えた。

そもそも淫法とは、敵を快楽で頓死《とんし》させる法と聞いている。

しかし、死ぬことはないだろう。快感が伝わり合っているから、同じものを鞘香も感じ取っているからだ。

駿介は鞘香の甘酸っぱい芳香の息で全身を満たされ、果てしなく続く快楽の循環に身悶え続けた。

ようやく、鞘香が口を離し、力尽きたようにぐったりと体重を預けてきた。

駿介も出し切り、心地よい脱力感が全身を包み込んできた。一体何回分の射精をしたと同じような感覚であろうか。

「ああ……、良すぎて、死ぬかと思った……」

鞘香が、彼の耳元で荒い呼吸を繰り返しながら囁いた。

「私もです……」

駿介は答え、まだ一物を締め付けられながら身を震わせていた。

鞘香がゆっくりと股間を引き離し、横になって添い寝した。駿介もしがみつき、彼女の温もりと匂いに包まれながら快感の余韻を味わった。

身を起こして姫君の陰戸を拭いてやろうと思いながら、どうしても身体が動かなかった。

やがて鞘香がのろのろと身を起こし、懐紙で互いの股間を処理してくれた。

「あ……、も、申し訳ありません……」

「よい。まだ動けぬであろう」

鞘香は身繕いをしながら答えた。

「お帰りになれるのですか。何なら朝まで……」

「大事ない。では藩邸へ戻る」

鞘香は言い、駿介と違って疲労の色も見せず、跳躍して再び天井の隅から外へと出て行った。まだ、雨音は続いていた。

五

「では参ります。お世話になりました。叔母上もどうかお元気で」

翌朝、身支度を整えた駿介は貴絵に挨拶をし、やがて佐兵衛とともに家を出た。

貴絵の熟れ肌にはまだまだ未練はあるが、仕方がない。貴絵は、二人だけの秘密を意識し、意味ありげに会釈して見送ってくれた。

まだ小雨が降っていたが、ときおり晴れ間も見え、間もなく上がる様子だった。

すると、そこに千穂が立っていた。どうやら駿介を見送るため、手習いの時間よりも、ずっと早く来てくれたようだった。

「どうかお気をつけて」

「ああ、世話になった。また会おう」

駿介は言い、うっすらと涙ぐんでいる千穂に笑いかけてから歩きはじめた。この肉体にも、ずいぶんと多くの思い出がある。もう一度抱きたいが、今は叶わぬことだった。

やがて駿介は、佐兵衛と一緒に藩邸へと赴いた。

そして駿介は藩邸で、昨夜の出来事など何事もなかったように着飾った鞘香と、江戸家老に出立の挨拶をした。

「気をつけて参れ」

「は……」

鞘香に言われて駿介は平伏し、もう一度ちらと姫君の顔を振り仰いでから奥座敷を下がった。

美謝も、小田浜行きを命じられてすっかり旅支度を整えていた。

彼は佐兵衛にも礼を言い、美謝と二人で藩邸を出た。

「雨も上がりますね。良かった」

「ええ、ゆっくり参りましょうか」

美謝も答え、二人の旅に浮かれているようだった。

やがて日本橋へ出て、二人は東海道を南下した。今宵の宿は、やはり藤沢あたりになるだろう。

『駿介……、駿介……』

鞘香の声が心の中に聞こえてきた。

『ええ、まだ聞こえますよ。姫様も、どうかお身体に気をつけてくださいませ』

駿介は応答し、胸の奥に鞘香の息吹を感じながら歩いた。

『駿……』

『姫様……』

品川を越えて川崎に近づく頃に、とうとう二人の感応が途絶えてしまった。心の通じ合う距離の限界を超えてしまったのだろう。

駿介は小さく嘆息し、鞘香を思い早くまた会える日が来ることを望んだ。

しかし、一人旅ではないのだ。隣には美謝がいる。今宵は存分に、また快楽の限りが尽くせるだろう。

彼は気持ちを切り替え、一緒に歩いている美謝の心根をそっと覗いてみた。

（え……？）

しかし、何も読み取ることが出来なくなっていたのだ。

（心を読む力が、失われた……？）

駿介は驚き、何度も美謝の心に念を送ってみたが、結果は同じだった。

そして彼は、あの能力は、無垢な頃だけが持てる力だったのかもしれないと思った。何人もの女体を知り、それが最高潮に達し、昨夜鞘香と絶大な快楽を分かち合って、それが消滅したのかも知れない。

決して、昨夜の鞘香の淫法に吸い取られたのではない。

（これが、大人になるということなのかも知れない……）

駿介は思った。

動物でも、幼くて弱い頃には、そうした特殊な能力が生きるために必要だったのだろう。まして駿介は天涯孤独な身だったから、なおさらだった。

しかし鞘香や美謝、貴絵や千穂のおかげで一人前にしてもらい、もう相手の心根を窺わなくても生きてゆけるし、そのように強く生きねばならないということなのだろう。

のだろう。

美謝が、歩きながら聞いてきた。彼が、よほど考え事をしているように思われた

「どうしました？」

「え？　いや……。私は、少しは成長したのでしょうか」

駿介が言うと、美謝は笑って答えた。

「それは、そうでしょう。城から出ず、藩校の若先生と言われていた頃とは全く違い、逞しくなったと思いますよ」

「そうですか。安心しました」

「ええ、殿も、きっとそう思われることでしょう」

美謝が言い、編み笠を上げて空を見た。

すっかり雨が上がり、雲の切れ間から青空が広がりはじめている。さらに西空の彼方《かなた》には富士も顔を覗かせていた。

やがて二人は川崎を越え、神奈川で昼食を取った。さらに歩き、保土ヶ谷、戸塚を過ぎて日が傾く頃には藤沢宿に入った。前と同じ旅籠に入り、先に駿介は風呂を済ませた。

他の泊まり客で混んでいるので、女が湯殿を使うのは後回しになるだろう。だか

ら駿介は存分に、美謝の汗ばんだ匂いを味わうことが出来る。

日暮れに二階の部屋で夕餉を済ませ、床が敷き延べられた。

美謝も入浴前だが、駿介と同じく宿の寝巻きに着替えた。添い寝し、彼は甘えるように美謝に腕枕してもらった。

胸元や腋からは、何とも甘ったるい汗の匂いが馥郁と漂い、上からは花粉のように甘い匂いの温かな息が吐きかけられ、彼は激しく勃起してきた。

「美謝様は、初物の男がお好きなのですか?」

「まあ……! 姫様がおっしゃったのですか……」

駿介の言葉に、美謝は彼を胸に抱きながら驚いた声を出した。

「そ、そうですよ……。せっかく小田浜に滞在するのですから、駿介どの以外の男も食いまくります」

美謝の言葉に、駿介は悋気と興奮を覚えた。

「でも、弟分は私だけですよね?」

「ええ、ですから妬んだりしないことです。さあ、姉上とお呼び。駿介」

「あ、姉上……」

言われて、駿介は甘酸っぱい慕情《ぼじょう》に満たされながら答えた。

すると美謝が顔を寄せ、ぴったりと唇を重ねてきてくれた。

駿介は柔らかな感触と、唾液と吐息の香りに酔いしれながら身を預けていった。

美謝はねっとりと舌をからみつけながら、互いの帯を解いて寝巻きを開いていった。口を吸い合いながら肌を探り、彼がぽっちりと突き立った乳首をいじると、

「あアッ……！」

美謝が口を離し、顔をのけぞらせて喘ぎはじめた。

駿介は汗ばんだ首筋を舐め下り、色づいた乳首に吸い付いていった。

胸元はじっとりと汗に湿り、腋からも甘ったるい芳香が漂ってきた。いつものことながら、どうして女というのは天然のままで良い匂いを発するのだろうかと不思議だった。

乳首を含み、舌で転がしながら顔中を膨らみに押しつけると、柔らかな弾力とともに、奥から女体の躍動が伝わってきた。

もう片方の乳首も吸い、充分に愛撫してから腋の下に顔を埋めた。

柔らかな腋毛に鼻をくすぐられながら、彼は濃厚な女臭を吸い込み、滑らかな肌を撫でて股間を探った。

茂みを掻き分けて割れ目に指を這わせると、そこはすでに大量の蜜汁に熱く潤っ

ていた。

「アア……、早く……」

美謝は悩ましげに身悶えながら、彼の顔を股間へと押しやっていった。

駿介も陰戸に顔を寄せながら、年上の女武芸者を感じさせているのだから、自惚《うぬぼ》れでなく自分も大人になったのだなと実感するのだった。

特選時代小説

KOSAIDOBUNKO

人恋《ひとこい》時雨《しぐれ》
さやか淫法帖《いんぼうちょう》

2008年2月1日　第1版第1刷

著者
睦月影郎《むつきかげろう》

発行者
荀　聡志

発行所
株式会社廣済堂出版
〒104-0061 東京都中央区銀座3-7-6
電話◆03-3538-7214［編集部］03-3538-7212［販売部］Fax◆03-3538-7223［販売部］
振替00180-0-164137　http://www.kosaido-pub.co.jp

印刷所・製本所
株式会社廣済堂

ISBN978-4-331-61316-0 C0193

廣済堂文庫

特選時代小説

睦月影郎

猟乱
かがり淫法帖

小田浜藩の若侍・坂田一弥は、旗本や大店の娘たちに行儀作法を教える『青柳塾』に囚われ、女たちに性指南を繰り広げていくが……。

睦月影郎

恋闇
かがり淫法帖

熟れた体を晒す人妻の千乃、懸命に奉仕する美剣士・美謝……小田浜の若君・新弥は正室を娶るため、美女たちと女体経験を重ねていく。

睦月影郎

炎情
かがり淫法帖

小田浜藩家老の嫡男・内田兵馬は、かがりの愛娘の鞘香の供をして国許に赴く途上、女剣士、くの一、町娘ら美女たちと熱い肌を重ねていく。

八剣浩太郎

大江戸閨《ねや》説法

姑のいびりで心の病にかかった妻に必要なのは魔羅自慢の男⁉ 江戸の粋を伝える艶笑噺や蝦夷を舞台にした冒険譚等、傑作集。

八剣浩太郎

大江戸浮世草紙

昼夜かまわず求めて来る新妻をもてあます粂太郎。女たちの色欲に翻弄される男の悲哀を軽妙な筆で綴る、傑作江戸情話八篇。

八剣浩太郎

隠密討ち
江戸忍秘帖

三代将軍家光の世、権力の狭間を暗躍し、闇に生きた男たちの情念を描いた表題作を始め、蝦夷地の悲恋を綴った「流氓の花」など傑作七篇。

八剣浩太郎

用心棒風来剣　東国篇

津軽での仕事を終え、江戸まで気ままな独り旅を続ける浪人・伊沢弦八郎。恐山、安達ヶ原と、奥州路を行く彼を待ち受けるものは⁉

廣済堂文庫

特選時代小説

八剣浩太郎
用心棒風来剣　西国篇
越前、丹後、鳥取、松江、周防と西国を巡るさすらいの用心棒・弦八郎。流浪の旅の先には幾多の美女と危機が待ち受けていた！

山口恵以子
邪剣始末
刀匠・暁斎は妻の間男たちに災いをもたらすべく、四振の邪剣を打った。養女のおれんは、暁斎の遺言でその邪剣の始末を託されるが……。

和久田正明
残月剣
公儀刺客御用
御目付・相良金吾殺しの隠密御用の密命を受けた、侍目付の鳥飼新八と小山田兵馬。二人の白刃が私欲にまみれた悪を斬る！

和久田正明
千両首
公儀刺客御用
勘定組頭が惨殺された。探索を進める新八と兵馬の前に新たな犠牲者が……。事件を裏で操る極悪人に憤怒の白刃が煌く。

和久田正明
血笑剣
公儀刺客御用
小町娘たちが続けざまに陵辱され、惨殺された！　真犯人を追って探索を始めた新八と兵馬だったが、事件の裏には意外な人物が……。

和久田正明
鬼同心の涙
夜桜乙女捕物帳
幼子が誘拐され、殺された！　北町奉行遠山の金さんの娘・乙女と奥山念流の使い手で旗本の袴田右近の捕り物帳シリーズ第一弾。

和久田正明
紅の雨
夜桜乙女捕物帳
孤児を救うはずの「子を預かり屋」を隠れ蓑に、非道の限りを尽くす悪党どもに乙女は敢然と立ち向かう。その柔肌には桜吹雪の彫り物が。